THE ROAD TO SCIENCE FICTION

科幻之路

⑨

通天塔图书馆

[美国] 詹姆斯·冈恩 编著
James Gunn

赵佳铭 等 译

译林出版社

图书在版编目（CIP）数据

通天塔图书馆 / （美）詹姆斯・冈恩（James Gunn）编著 ; 赵佳铭等译. -- 南京 : 译林出版社, 2025. 1.
（科幻之路）. -- ISBN 978-7-5753-0423-8

Ⅰ. I712.45; I783.45

中国国家版本馆CIP数据核字第2024SA8167号

著作权合同登记号　图字：10-2023-21 号

通天塔图书馆　[美国] 詹姆斯・冈恩 / 编著　赵佳铭 等 / 译

策　　划　姬少亭　李兆欣
统　　筹　吴荀东
责任编辑　宗育忍
翻译监制　东方木
装帧设计　孙逸桐
责任校对　张　萍
责任印制　闻媛媛

出版发行　译林出版社
地　　址　南京市湖南路 1 号 A 楼
邮　　箱　yilin@yilin.com
网　　址　www.yilin.com
市场热线　025-86633278
排　　版　南京展望文化发展有限公司
印　　刷　江苏凤凰通达印刷有限公司
开　　本　880 毫米 × 1240 毫米　1/32
印　　张　6.875
插　　页　1
版　　次　2025 年 1 月第 1 版
印　　次　2025 年 1 月第 1 次印刷
书　　号　ISBN 978-7-5753-0423-8
定　　价　59.00 元

目录

源于技巧与金钱

在《星云奖获奖小说·第八卷》(*Nebula Award Stories Eight*, 1973)的序言中，艾萨克·阿西莫夫写道：“如果不怕费力的话，一位优秀的科幻作家很有可能有能力创作其他任何他想要创作的作品(而且还可以拿到更多报酬)。很多科幻作家都已经这么做了，其结果就是，有些作家转向了其他领域，这是科幻界的一大损失。”阿西莫夫自己就是一个最好的例子。这么做的人还有弗雷德里克·布朗(Fredric Brown)、约翰·D. 麦克唐纳(John D. MacDonald)、哈伦·埃利森、罗伯特·布洛克(Robert Bloch)、西奥多·斯特金和理查德·马西森。这些作家中的大部分人仍然会偶尔创作科幻小说，但是他们都把大部分精力分给了其他的文学题材。

马西森生于新泽西州艾伦代尔，在第二次世界大战中服过兵役，1949 年在密苏里大学取得了新闻学学士学位。一年后，他的首篇短篇小说《父母的结晶》发表于《奇幻与科幻杂志》。在 1954 年创作第一部长篇小说《我是传奇》(*I am Legend*)之前，他还写了另外一些短篇科幻小说和三部长篇悬疑小说。他将他的第二部长篇小说《收缩人》(*The Shrinking Man*, 1956)的影视改编权卖给了环球影业，条件是他为电影续篇《了不起的收缩人》(*The Incredible Shrinking Man*, 1957)撰写剧本。

此后，马西森将自己的时间同时分配给了剧本和小说创作，其中大部分时间都分配给了报酬更高的剧本。他做过编剧的电影包括《厄舍古厦的倒塌》(*The House of Usher*, 1960)、《陷坑与钟摆》(*The Pit and the Pendulum*, 1961)、《大地之王》[*The Master of the World*, 1961，这部电影改编自凡尔纳在1905年创作的同名长篇小说，但是大多数情节出自另一篇更早一些的小说，即1886年出版的《征服者罗比尔》(*Robur the Conqueror*)]、《恐怖故事》(*Tales of Terror*, 1962)、《魔鸟》(*The Raven*, 1963)、《地球上最后一人》[*The Last Man on Earth*, 1965，与1963年上映的《奥米伽人》(*The Omega Man*)同为《我是传奇》的不同版本]、《狂热者》(*Die! Die! My Darling!*, 1965)、《魔鬼的新娘》(*The Devil's Bride*, 1968)、《年轻的战士》(*The Young Warriors*, 1968)、《古屋传奇》(*The Legend of Hell House*, 1973，改编自马西森自己的小说)、《时光倒流七十年》(*Somewhere in Time*, 1980，同样也改编自马西森自己的小说)。[1] 他还为电视剧《阴阳魔界》(*Twilight Zone*)、“星际迷航”系列和《夜间画廊》(*Night Gallery*)写了许多剧本，也创作了若干独立的剧本，如《决斗》(*Duel*, 1971)、《午夜煞星》(*The Night Stalker*, 1972)、《花街恶魔》(*The Night Strangler*, 1973)和《火星编年史》(*The Martian Chronicles*, 1980)。

马西森创作的长篇小说包括《回声微颤》(*A Stir of Echoes*, 1958)、《没有胡子的战士》(*The Beardless Warriors*, 1960)、《地

1. 值得注意的是，其中《厄舍古厦的倒塌》《陷坑与钟摆》《恐怖故事》《魔鸟》均改编自著名作家埃德加·爱伦·坡的小说。

狱之屋》(*Hell House*，1971)、《重返的时刻》(*Bid Time Return*，1977)和《梦向何方》(*What Dreams May Come*，1978)。他的短篇小说被收录在如下小说集中：《父母的结晶》(又名《太阳系第三颗行星》)、《空间之岸》(1957)、《冲击》(1961)、《冲击II》(1964)、《冲击III》(1966)、《冲击波》(1970)和《理查德·马西森短篇小说集》(1989)。

许多评论家认为，马西森主要是一位恐怖小说作家，他的小说中最主要的主题是妄想症，《决斗》和《我是传奇》正是典型例子。《科幻大百科》[1]认为马西森最初是把《父母的结晶》当作“一篇简单的恐怖小说”来创作的，当人们普遍认为这篇小说是科幻小说后，马西森才转而撰写科幻小说。这篇小说既可以作为恐怖小说来读，也可以作为科幻小说来读，其反响主要来自读者对于小说的预期。

作为恐怖小说，《父母的结晶》和《弗兰肯斯坦》[2](*Frankenstein*，1818)一样，选取了哥特风格。读者对于这篇小说的反应也和他们对《弗兰肯斯坦》去掉了科幻元素后的反应(在许多版本的改编电影中正是如此)一样，他们对怪物和怪物的破坏力感到恐惧。但就像《弗兰肯斯坦》在去掉与科学家和他的抱负相关的情节后意蕴会大为逊色一样，马西森的小说也同样因为其科幻元素而让读者有所感触。正是以这种方式，《奇幻与科幻杂志》中的奇幻小说在它们所能建立关联的科幻小说之中找到共鸣，而科幻小说也从奇幻小说中汲取人文关怀。

当《奇幻与科幻杂志》收到马西森的短篇小说投稿时，这份杂志仍处在开办的第一年——马西森可能是被1949年秋季该杂志的创

1. 可能指代若干以此为题或以此书名为简称的书籍，此处原作者指代的究竟是哪一本并不清楚。
2. 英国作家玛丽·雪莱（Mary Shelley）所著的长篇小说，被诸多科幻研究者认为是世界上第一篇科幻小说。文中讲述了一位科学家用尸体拼凑出一个类人的怪物，并用电流刺激怪物活过来的故事。

刊号所吸引而投稿的——但是编辑们已经确定了杂志的基调。安东尼·鲍彻和J. 弗朗西斯·麦科马斯想要刊载文学性强的短篇小说，而尽管《父母的结晶》中的叙事者是一位文盲，但小说本身很有文学性。

20世纪40年代晚期和50年代早期的许多科幻短篇小说都在谈及基因突变的问题，一般认为这种热度源于原子武器和核灾难。刘易斯·帕吉特[1]（Lewis Padgett）创作的以《笛手的儿子》（“The Piper's Son”，1945）开篇的“光头仔”系列就是一例。同样的例子还有波尔·安德森（Poul Anderson）和F. N. 沃尔德罗普（F. N. Waldrop）合著的《明日之子》（“Tomorrow's Children”，1947）、威尔玛·H. 夏伊拉斯（Wilmar H. Shiras）的《隐匿》（“In Hiding”，1948）和朱迪斯·梅丽尔的《为母之心》（“That Only a Mother”，1948）。《父母的结晶》中简单的词汇和直白的叙述表明了文中怪物的诞生是出于自然的原因，而不是科幻或超自然的原因。

然而，马西森的这篇小说最为突出的特点在于视角的运用。故事以怪物的视角讲述，用词也并不文雅，就好像《弗兰肯斯坦》中有一部分是怪物讲述自己的经历和想法一样。在《父母的结晶》中，读者们只能读到怪物的想法，只能从怪物的视角去了解怪物父母的行动和反应。因为带入怪物的视角，读者会同情怪物所处的困境，就好像读者在读《弗兰肯斯坦》的时候也在某种意义上会同情其中的怪物一样。（马西森小说中的怪物是一次自然意外的产物，而不是人造生物。但是和弗兰肯斯坦的怪物相同，它也被称为“可怜鬼”。）读者们会觉得，作为一个怪物是多么糟糕，而且还有更糟糕的——不被父母承认、被链子锁在一间昏暗地下室的墙上、被棍打——并

1. 科幻小说家亨利·库特纳和C. L. 穆尔夫妇合用的笔名。

且仅仅 8 岁大。怪物青春年少，他对美丑有着认知，这些都揪着读者的同情心。

正是这种视角倒置给了这篇小说独特的效果。这种倒置跟科幻小说在其黄金时期对观点和思维方式的倒置如出一辙。小说的写作技巧和悉心挑选的幼稚用词都有助于体现父母的困境，尽管小说中的情节展示了自然的天性和情感的缺失是如何将本来无辜的意念转变成暴力和死亡的。

（赵佳铭　译）

父母的结晶

［美国］理查德·马西森

X——这天天刚亮，母亲就喊我是恶心东西。你这个恶心东西，她是这么说的。我在她的眼中看到了怒气。我在想什么是恶心东西。

这一天，楼上有水滴下来。到处都在滴水。我看着这个场面。我看到了那片土地，那片土地就在我往外看的小窗户的后面。土地就像是干渴的嘴唇一样吸收了水。它吸得太多了，生病了，像流着棕色的鼻涕，我不喜欢。

母亲很漂亮，我知道。在被四面冰冷的墙壁围起来的床那儿，我有张纸，就贴在炉子后面。纸上面写着“电影明星”。我看过那上面的人的脸，很像我的母亲和父亲。父亲说那上面的人都很漂亮。有一次他这么说过。

他说我的母亲也很漂亮。母亲这么漂亮，我对此也感觉很好。看看你，父亲说，你的脸可不好看。我碰了一下他的胳膊说，没关系的爸爸。他甩开我的手，闪到了我够不到的地方。

今天母亲把我的链子解开了一小会，我可以透过小窗户往外看看。所以我才能看到水从楼上滴下来。

XX——今天楼上金黄一片。现在我知道，当我看向这片金光时，我的眼睛会刺痛。当我看完之后，整个地窖都变成了红色。

我想这就是礼拜。他们离开了楼上。大机器吞下了他们，滚滚远去，消失不见。大机器的后面坐着小母亲。她比我小很多。我很大。我已经把链子从墙上拔出来了，这件事情要保密。我现在可以透过小窗户看到我想看的一切。

这天天黑的时候，我吃了饭，还吃了几只虫子。我听到楼上传来笑声。我想知道他们在笑什么。我把链子从墙上拔下来，缠在身上。我哗啦哗啦地爬上楼梯。我走在楼梯上的时候，楼梯嘎吱作响。我的双腿在楼梯上打滑，因为我从没在楼梯上走过，我的脚是粘在木头楼梯上的。

我走了上去，打开一扇门。那是个白色的地方。白得如同楼上偶尔会掉下来的白色宝石。我走进房间，静静地站在那里。我听到笑声更大了。我朝着有声音的方向走了过去，望向人群。那里的人比我想象中的还要多。我想，我应该和他们一起笑。

母亲出来关上了门，门打在我身上，很疼。我向后跌倒在光滑的地板上，链子发出响声。我哭了。母亲发出了嘶的一声，把手捂在嘴上。她的眼睛睁得很大。

她看着我。我听见父亲在喊。什么东西倒了，他喊。母亲说是一块铁板。过来帮忙把铁板搬起来，她说。父亲走过来，说，铁板那么重，都需要帮忙了吗？他看到了我，眼睛睁大了，目光中露出了怒火。他打了我。我的一只胳膊上流出了绿色的液体，滴在了地板上。这不好。地板上现在有了不好看的绿色。

父亲让我回到地窖去。我不得不离开了。这里的光有点刺眼，地窖里面不是这样的。

父亲把我的腿和胳膊绑了起来，他把我放在了床上。我静静地躺着，看着一只在我上方晃荡下来的黑色蜘蛛，听着楼上传来的笑声。我想着父亲的话。上帝啊，他说，他才8岁。

XXX——这天天亮前，父亲又把铁链钉在了墙上。我不得不再次试着把它拉出来。他说，我上楼很不好。他说，再也不要这么做了，否则他会重重地打我。那很痛。

我很痛。我睡了整整一天，把头靠在冰冷的墙壁上休息。我想着楼上白色的地方。

XXXX——我把链子从墙上拉出来了。母亲在楼上。我听到了微弱的尖声大笑。我透过窗户看去。我看到很多和小母亲、小父亲一样的小人。他们很漂亮。

他们发出了愉悦的声音，在地上跳来跳去。他们的双腿动得很快。他们就像是母亲和父亲一样。母亲说，很好，所有人都跟着他们一起跳。

一个小父亲一样的人看到了我。他指着窗户。我从窗边走开，沿着墙壁滑入黑暗中。我蜷起身子，这样他们就看不到我了。我听到他们在窗边谈论，听到奔跑的脚步声。楼上有敲门声。我听到楼上的小母亲在高喊。我听到沉重的脚步声，我冲向我睡觉的地方。我撞在墙上的铁链上，扑倒在地上。

我听到母亲下来了。你去过窗户旁边吗。她说。我听出了她的怒气。离窗户远一点。你又把链子拉出来了。

她拿起棍子，打了我。我没有哭。我不能哭。但是我身上流出的液体溅了满床。她看到了，赶紧远离我，发出刺耳的尖叫。哦，上帝啊，上帝啊，她说，为什么你这么对待我？我听到棍子摔在了石地上。她跑上楼。我睡了一整天。

XXXXX——这天又有水滴下来。母亲在楼上的时候，我听到小母亲一样的人慢慢走下来的脚步声。我把自己藏在煤箱里面，因为如果她看到我，母亲会生气的。

她身边带着一个小小的活物。它用双臂走路，长着尖尖的耳朵。她对它说了些什么。

一切本来都很好，只是那个东西闻到了我的气味。它跑到煤堆上面，向下看着我。它的毛竖了起来，喉咙里发出生气的声音。我嘘了一声，但是它朝着我跳了过来。

我不想伤害它。我很害怕，因为它咬得比老鼠疼。我很痛，小母亲一样的人尖叫起来。我紧紧抓起那个活物。它发出了我从未听过的声音。我把它揉成了一团。黑色的煤上到处都是一块块的红色。

母亲喊我的时候，我藏了起来。我害怕棍子。母亲离开了。我带着那个东西小心地爬过煤堆，把它藏在枕头下面，躺在上面。我把链子又塞回了墙上。

X——这是另外一些时候了。父亲把我紧紧锁住。我很痛，因为他在打我。这一次我把棍子从他手中打掉，大声叫喊。他离开了，脸色很白。他匆忙离开我睡觉的地方，锁上了门。

我不是很高兴。这里整天都很冷，链子慢慢从墙上掉出来。我对母亲和父亲很生气。我会让他们知道的。我会做那件我曾经做过的事情。

我会尖叫，会大笑。我会在墙上跑。最后我会用上我所有的腿大头朝下挂着，大笑，把绿色的液体滴得到处都是，直到他们因为之前对我不好而道歉。

如果他们想要再打我的话，我会弄疼他们的。我会的。

（赵佳铭　译）

黑暗的心

许多善用文学技巧撰写小说的作家在科幻领域相对来讲属于新人。然而，对人物、意象和语言上的细微差别十分敏感的作品在科幻小说之中从不罕见；尽管在科幻领域里，它必须与人们对这样一个概念的兴趣相竞争，这个概念产生自科幻的文类焦点，那就是人类对变化的反应。

有一位作家非常典型，在他的故事中，叙事前景的发展里总是蕴藏着艺术表达，这位作家就是西里尔·M. 科恩布鲁斯。在 20 世纪 30 年代末期那个纽约科幻迷组织里，他是最年轻的成员，这个组织后来发展成了未来派，即使科恩布鲁斯不能算是其中最高产的一个，他也成了他们当中最重视文体的那个。另一位比他大 3 岁的未来派成员——弗雷德里克·波尔在 19 岁那年成了编辑，他从他的未来派同僚手中买故事，倒不是因为他对这个群体有多忠诚，而是因为他预算有限，而他的同侪又天赋超群。在他的自传回忆录《未来过去的样子》（*The Way the Future Was*）中，他写道："西里尔·科恩布鲁斯生就锦心绣口，张口就是警句格言。他非常年轻，未经世事——

当我为他发表第一部小说时他不过 15 岁左右。但他掌握那些故事架构技巧的过程很快，至于词句表达技巧，他则从来不必学习。”

未来派作家经常合撰小说。他们的组合搭配形式多种多样。科恩布鲁斯的大部分声誉就是从这些合写小说中获得的。他在第二次世界大战里以步兵身份在军中服役（“因在阿登战役中运送一挺机枪导致心肌劳损”，波尔曾说），后来他摒弃他和其他未来派成员喜欢使用的化名，以本名回归科幻创作领域。他创作了经典的《小黑包》（“The Little Black Bag”，1950）、《前进的傻瓜》（“The Marching Morons”，1951）、《脑虫》（“The Mindworm”，1950）、《愚蠢的季节》（“The Silly Season”，1950）、《戈麦斯》（“Gomez”，1954）与《鲨舟》（“Shark Ship”，1958）。

他为芝加哥的无线电转播出版机构做了两年编辑，接着在 1951 年复归全职作家行列。这主要是因为科幻图书出版蒸蒸日上，次则是由于他与波尔的时任妻子朱迪斯·梅丽尔的合著取得了成功。他们以笔名西里尔·贾德（Cyril Judd）合撰了两部长篇小说，分别是《火星前哨》（*Outpost Mars*，1952，初以《火星之子》为名刊载于《银河》杂志 1951 年刊）和《枪手凯德》（*Gunner Cade*，1952，同年《惊异》杂志以原名对这部作品进行了系列化）。接着，科恩布鲁斯帮助波尔重塑了一部长篇小说的开头两万词，这部作品初以连载形式发表于 1952 年的《银河》杂志之上，名为《图利星球》（*Gravy Planet*），后又于 1953 年以小说形式出版，此即著名的《太空商人》。那时，波尔与梅丽尔已经离婚，而波尔——用他自己的话说——“取得了西里尔的监护权”。

波尔与科恩布鲁斯又以诙谐讽刺的风格为“太空商人”系列进一步合撰了三部长篇科幻小说，分别是《探索天空》（*Search the Sky*，1954）、《律法斗士》（*Gladiator-at-Law*，1955）与《狼灾》

（*Wolf-bane*，1959）。他们还合写了两部非科幻长篇，《城市正被淹没》（*A Town Is Drowning*，*1955*）与《总统大选之年》（*Presidential Year*，1956），以及一系列短篇小说，当中部分由波尔在科恩布鲁斯辞世多年后最终完成；其中一部《会面》[1]（“The Meeting”）赢得了1973年的雨果奖。科恩布鲁斯独立创作了《起飞》（*Takeoff*，1952）、《评审员》（*The Syndic*，1953）与《非此八月》（*Not This August*，1955）。他的短篇小说集《他那份荣耀》（*His Share of Glory*）出版于1997年。

科恩布鲁斯死于1958年的一次心脏病突发，当时他在铲雪后又跑步去追一辆城郊往返列车。他为后世留下许多才华横溢、见解非凡的短篇与长篇小说，他的英年早逝也使人哀伤地想到，那些他未及写就的作品原本可能成为怎样的旷世杰作。他的大部分小说都充满怀疑和讽刺，主题总是带着可怕的洞见，好像是在预言即将到来的黑暗。《全丹佛最幸运的人》（“The Luckiest Man in Denv”）便是其中之一，这部小说发表于《银河》杂志1952年6月刊，这一期同时也刊载了他以笔名西蒙·艾斯纳（Simon Eisner）发表的《图利星球》第一期。这部作品预测了一个敌托邦的未来，市民酣然接受那就是“事情该有的样子”，同时又以一种貌似简单实则深刻的方式揭示了人类的灵魂能够多么表里不一。

（憬怡　译）

1. 这是波尔拿到的第一个雨果奖，此前他曾拿过编辑奖。《会面》与R. A. 拉弗蒂（R. A. Lafferty）的《尤瑞玛的缺陷》（“Eurema's Dam”）战成平手共同获奖。拉弗蒂后来曾宣称“《会面》是有史以来最烂的故事之一”。

全丹佛最幸运的人

［美国］西里尔·M. 科恩布鲁斯

当双筒望远镜在强光一闪后忽然变暗，鲁本一下就知道出事了。他是梅的下属，在八十三层工作的原子操作员。他在心里咒骂，希望自己不必为此担责，而面上依然泰然自若。他面带微笑地将望远镜交还给阿尔蒙，后者是鲁道夫的下属，一个在八十九层工作的维护员。

“这望远镜不太好。”他说。

阿尔蒙将望远镜放到自己眼前，从防护栏上方朝下看，一时委婉地咒骂道：“比个安吉洛疯子的心还黑，啊？别介意；这儿还有一副。”

这副望远镜很寻常。鲁本透过它仔细研究起下方成千的建筑退台和阁楼遮篷，它们鳞次栉比地挤在底下这座丹佛城里。他太过焦虑，根本无心品味首次从八十九层向下眺望的盛景，但还是发出了小声的赞叹。当务之急是赶紧离开旁边这个忽然变成邪恶分子的家伙，设法弄清事情的真相。

“我们能不能——？”他隐秘地问，下巴微微一耸。

“最好别。”阿尔蒙忙说，一边从他手中抽回望远镜，“如果恰巧被某个佩戴星章的人瞧见了，你知道会怎样？要是你看到某个莽撞无礼的小年轻从底下盯着你看，你是什么感受？”

“他竟敢！”鲁本装出一副愚蠢又愤怒的模样，很快又在阿尔蒙同情的笑声之下跟着一起笑了起来。

“别介意，”阿尔蒙说，“我们还年轻。谁知道将来有一天会怎样呢？也许我们会从九十五层往下看，甚至是一百层。”

尽管鲁本知道维护员并不是他的朋友，这慷慨激昂的发言还是使他热血沸腾；有那么一瞬间，他感到野心勃勃。

他拉长了脸，对阿尔蒙说：“让我们希望如此吧。多谢你的款待。现在我必须回到自己的区域去了。”

他离开寒风料峭的防护栏，走进宁静奢华的八十九层室内走廊，继而搭上缓缓下行的移动电梯，经过若干舒适度渐次降低的楼层，返回到自己那个斯巴达式层级。当他走下电梯时，塞琳正微笑着等他。她装扮得很美——太美了。她穿一身钢铁色调的胸衣，身上散发着一点香味儿，头发长长地披散下来。这样的搭配十分合他品味，于是他立刻警觉起来。她为什么要费心记得他的喜好？她图什么？毕竟，她是格里芬的女人。

“你从上面下来？”她一脸敬畏，“去哪儿了？”

“第八十九层，那个叫阿尔蒙的家伙邀我去做客。上头的景色好极了。”

“我还从没去过……”她喃喃念着，随即果断地对他说，“你属于那里，甚至是更高的层级。格里芬总是嘲笑我，但他是个傻子。昨晚我们在卧室里谈起你，我也不知是怎么说到的，他最后变得很生气，说他再不想听我说一个字。”她笑得顽皮邪恶，“不过我也是在报仇。”

他面无表情地说：“你一定很擅长报仇，塞琳，也很擅长激发人的报复欲。”

她的笑容微微有些发僵，这就是说他赢了，于是他相当正式地朝她敬了个礼，便匆匆从她身边走过去了。

把他当个安吉洛人烧了吧，不过拿下她相当容易！她那金属衣物映衬下的肌肤柔软洁白，确实乱人心弦，那头长发也在暗示着什么。很难想象她那个样子能密谋策划什么，或是搞出什么事情，在他的脑海里，阴谋家塞琳被卧室里的塞琳取代了。

不过她究竟图什么呢？会不会是听说他要被拔擢到上层去了？会不会是格里芬要被维护员们干掉了？她会不会是想要他杀了格里芬，让她能坐收渔利地攀上某个第三方上升势力？或者她只是日常敲打她的丈夫？

他沮丧地想到，要是双筒望远镜的事儿和塞琳这事儿没有同时出现就好了。那个骗子阿尔蒙说起年轻二字时，就好像那是什么好东西似的。他痛恨自己的年轻和愚蠢，痛恨自己无法弄清双筒望远镜的故障原因，也痛恨自己猜不透格里芬的女人为何如此热情。

攻击警报骤然响彻斯巴达层级的走廊。他低头穿行过最近的一扇门，进入一间空卧室，躲到一张厚重的钢桌之下。片刻之后，另一个人也慌慌张张地潜入这张桌子底下，接着第三个人也试图挤进来。

先来者咆哮道：“出去！去找你自己的掩护！我既不想被你挤出去，也不想在遭受攻击时把你挤出去，看到你恶心的鲜血和脑浆。你走！立刻！”

“对不起，长官。立刻离开，长官！”后来者哀号着，在持续不断的警报声中连滚带爬地离开了。

听着那一声声“长官”，鲁本倒抽着气看向他这邻居。是梅！毫无疑问，他是在视察本楼层的过程中被困在了这里。

“长官，”他的语气充满敬意，“如果您想独处，我就去另找房间。”

“你可以留下来陪我。你是我的属下吗？”将军的声音和嶙峋的脸上都镌刻着力量。

“是，长官。梅的下属鲁本，八十三层原子操作员。”

梅打量着他，而鲁本也注意到他的颧骨和下巴上长着许多疙瘩——呆板沉闷、毛孔粗糙。

“你是个英俊的小伙子，鲁本。你有女人吗？”

“是，长官。”鲁本连忙答话，“一个接一个——我总是不缺女人。最近我正跟一个可人的尤物交往，她叫塞琳。她浑圆有致又结实，柔软灵活。一头绯红长发，一双大白腿。”

“细节就省省吧，”那将军咕哝道，“我们的工作需要各种各样的人。你说你是个原子操作员。有前途，这肯定有前途。我自己过去是个控制员。这种职业现在似乎已经不流行了——”

警报声突然停止了。突如其来的静默令人难以忍受。

梅咽了下口水继续说道：“——也不知是出于什么缘故。现在的年轻人为什么不愿意选择控制员这种职业了呢？就比如说你，为什么？”

鲁本真希望现在能有枚炮弹当头砸下，救他出此窘境。双筒望远镜、塞琳、突袭，现在他居然还得跟一位将军进行一番需要动用智力的交谈。

“我真的不知道，长官。”他的语气很是可怜。“彼时这些职业看着没多大分别——控制员、原子操作员、导弹操作员、维护员。我们有句话说‘就按钮不一样’，每回提到这个话题，最后都是用这句话作结。”

“真的？”梅心不在焉地问。他的脸上挂着薄薄一层汗。“你觉得艾莱这回会打垮我们吗？”他的嗓音几乎嘶哑，“几星期来他们一直在全力攻击，不是吗？”

“四个星期。”鲁本说，“我记得清楚，因为我最好的辅助员之一被一块坠落的走廊顶板砸死了——这是唯一的死亡，偏偏就发生在了我们组！”

他神经兮兮地笑起来，随即意识到自己像个傻子，但梅似乎并没注意到。

在下方远处，导弹拦截系统伴随着一系列尖厉的哨声开启了，系统开始在丹佛周边构筑复杂的网状双重防御墙，最终形成一个高耸的圆筒。

“接着说，鲁本，”梅说，“都挺有趣的。”他的眼睛一直在搜索钢桌下面。

鲁本把自己的视线从那张惊恐的脸上挪开，感到自己没那么敬畏了。跟一个将军一起躲在桌子底下，这会儿也没那么奇怪了。

“长官，或许您能教教我这事儿意味着什么，今天下午发生了一件令人迷惑的事。有个家伙——鲁道夫的下属阿尔蒙，八十九层的，给了我一副双筒望远镜，那东西在我眼前一闪就变黑了。您见多识广，是否——”

梅嘶哑地笑了，继而用颤抖的声音说：“老把戏了！他是在拍摄你的视网膜，意图获取你的血管形态。鲁道夫的一个下属，啊？很高兴你对我说了；我已经老到这把年纪，都察觉不出这种故技重施了。也许我的好朋友鲁道夫是在计划——”

空中迸发出群弹齐射的轰隆声，继而传来一次微弱的爆炸声。应当是那堆炮弹中的一枚突破了拦截系统，在丹佛脚下远远地炸了一下。

警报声再次响起，在爆炸之中，这声音意味着警报已经解除；只有一波导弹攻势，且已被化解。

原子操作员和将军从桌子底下爬出来，梅的秘书忽然推门而入。将军再次挥手让他出去，随即重重地靠倒在桌子上，他的手臂在颤抖。鲁本急忙拿来一把椅子。

“给我来杯水。”梅说。

原子操作员取来一杯水。他看到将军用水送服了一些绿色胶囊——看起来像是三份剂量的 ××× 药，此事最好还是不要理会为妙。

片刻之后，梅说：“这下我感觉好些了。别一脸惊讶，年轻人；你不了解我们面临的压力。这只是暂时的权宜之计，等事态稍微和缓些，我就马上停用。我刚才正要说，也许我的好友鲁道夫是在计划用一个他的手下来替换我的手下。告诉我，你跟这个叫阿尔蒙的家伙成为朋友多久了？”

“他上周才开始与我建立友谊。我早该意识到——”

“你当然应该。一个星期。这时间已经绰绰有余了。至今为止你已经被拍了照片，取了指纹，录了声音，你的步态也在不知不觉间被他们研究过了。只有获取视网膜是最艰难的，但为了造出一个真正的替身，冒这个险也值得。你杀过自己的手下吗，鲁本？”

他点点头。那是两年前的一场愚蠢争斗，就为了争夺食堂里的优先坐席；他不喜欢别人提起这件事。

“很好，”梅阴冷地说，“这种事情都是这样完成的，你的替身先在预设的地点杀死你，消解你的尸体，然后取代你的角色。我们来一个反转。你要杀死你的替身，然后取代他的角色。”

将军用他那有力而有条理的声音条分缕析着种种可能与意外，方法与对策。鲁本全神贯注地聆听铭记，感觉那股敬畏之情又回来了。也许梅在桌下时并不是真在害怕，或许鲁本在将军脸上看到的其实是他自己的恐惧。梅当时也许是在与他探讨时下的背景和政策。“从第八十三层向上！”当那些伟大的名字被说出口的时候，他对自己这样发誓。

“我的好朋友鲁道夫当然想要五星肩章。你也许不知道，但现在那位五星上将已经 80 岁了，而且行将就木。我认为我是那个适合替代他的人。所以显然，鲁道夫也会这样想。毫无疑问，他计划着让你的替身在选举之夜犯下些可怕的错误，那种耻辱必将影响我的名声。现在你和我必须要做的就是——”

你和我——梅的下属鲁本和梅——从第八十三层向上！从空空如也的廊道和沉闷阴郁的寝室，到大理石装点的大厅和拱顶豪华的卧室！从拥挤嘈杂的食堂到小型的明亮餐厅，在那里你可以拥有自己的桌子和侍者，墙上还会传出悦耳的音乐！不必再为赢得或这或那的女人的青眼而终日与人争斗，比拼智识魅力或是交出自己所能负担的那点儿可怜贿赂，而是将荣升显赫高位，只要一声令下，就能任意挑选丹佛的所有美人！不必再处心积虑地给同僚原子操作员下绊子，或是提防他们给自己下绊子，而是将像将军们那样英勇地攻击与防卫！

从第八十三层向上！

接着，梅用这样一番话将他遣走，其中的暗示令他兴奋到痴狂：“我需要一个年轻而有能力的人，鲁本。或许我等这人已经等了太久。如果你能出色地处理掉这件棘手的事儿，我会很严肃地考虑给你安排一个极重要的任务，这事儿我已经思量很久了。”

那天深夜，塞琳来到了他的寝室。

“我知道你不喜欢我，”她娇嗔地说，“但格里芬真的是个傻瓜，我就想找个人说说话儿。你介意吗？你今天去上头看着那里怎么样？你看见地毯了吗？我真希望我有块地毯。”

他试图去想象地毯，而不是金属色胸衣与美人肌肤间那令人兴奋的对照。

“我透过一扇开着的门看见了一块，”他记起来了，“看着很奇怪。不过我想，人都会慢慢习惯的。也许我看到的那块不太好，好的地毯应该很厚吧？”

“是的，”她说，“你会感到双脚都能陷进去。我希望我能拥有一块好地毯，再配四把小椅子和一张跟我膝盖同高的小桌子，让我能放东西，我还想要许多许多枕头。但格里芬那么蠢。你觉得我还能有一天得到这些东西吗？我还从没得过哪位将军的青眼呢。你觉得我够不够漂亮，配不配得到一位将军的垂青？”

他局促地说：“你当然是个尤物，塞琳。但地毯和枕头——”这感觉让他很不舒服，就像他透过双筒望远镜从防护栏往下看时一样。

“我就想要嘛，”她郁郁不乐地说，“我非常喜欢你，但我想要很多东西，我很快就会变老，在我升到更高层前，我就会老得连八十三层的人也配不上，只能把余生虚度在照看孩子或是给食堂做厨娘上了。”

她突然停下，整顿仪容，冲他微笑，在昏暗的光线里那笑容多少有些吓人。

“你这笨蛋。”他说。她立即朝门口看了一眼，笑容凝固在了脸上。

鲁本从枕下抽出一支手枪，质问道：“你预计他什么时候会来？”

“你是什么意思？”她尖声问道，“你在说谁？”

“我的替身。别傻了，塞琳。梅和我——”他品味着这个说法，“梅和我都知道了。他警告过我要谨防被女人分散注意力，我的替身会在这时潜进来把我做掉。你预计他什么时候会来？”

“我真的喜欢你，”塞琳抽泣道，“但阿尔蒙答应会带我上去，而我知道，到了那些人能瞧见我的地方，我就有机会见到一些真正要紧的人物了。我真的喜欢你，但我很快就会老得——”

“塞琳，听我说。听我说！你会有机会的。除了你我，没有人会知道这个换人计划没有成功！”

“那么下面我就要为你监视阿尔蒙了，是吗？”她哽咽地说，“我所要的无非就是在变得太老前得到一点好东西。好吧，我本应在23点50分时躺在你的怀里。”

时下是23点49分。鲁本跳下床来，站到门边，消音手枪已经准备好了。23点50分时一个浑身赤裸的人溜进卧室，径直走向床边，举起一把十厘米长的匕首。发现床上空无一人时，他惊讶地停了下来。

鲁本用一粒穿喉而过的子弹结束了他的生命。

“但他看起来一点儿也不像我，”他语带困惑，仔仔细细地查看起那张脸来，“就总体而言。”

塞琳闷闷地说：“阿尔蒙说所有人在见到自己替身的时候都会这样说。真有意思，不是吗？他看起来跟你一模一样，真的。”

“我的尸体要怎么消解？”

她取出一个扁平小盒。“一套隐形衣。你会被留在这里，明天会有人前来处理。”

“我们可不能叫他扑空。”鲁本将隐形衣盖到他的替身身上，打开电源。在这光线昏暗的屋子里，隐形衣完全发挥了作用；等到白天，隐形效果就没这么完美了。

“他们会问为什么这尸体是被枪射死的，而不是被刀捅死的。告诉他们是你用枕头下的手枪把我射杀的。就说我听到替身进来的动静了，你害怕会有械斗。”

她倦倦地问：“你怎么知道我不会背叛你？”

“你不会的，塞琳。”他的声音咬牙切齿，“你已经破碎不堪了。”

她茫然地点了点头，才欲开口说些什么，又一言不发地走了出去。

鲁本在他那张狭窄的小床上舒适地舒展着四肢。很快，他的床就会变得宽敞柔软，他想。坠入梦乡之际，他的脑海中模模糊糊地有了这样一个想法，将来有一天他或许会跟那些将军一起投票选举五星上将——甚至可能是他自己戴上五星肩章，成为丹佛之主。

他睡得很好，一觉睡过了早晨的警报时间，到达设在二十层的常规防卫站时已经迟到了。他看到他的上司，梅的下属奥斯卡——一个八十五层的原子操作员——耀武扬威地记下他的名字。随他去吧！

奥斯卡召集下属是为了宣布一件可怕的事："我们要跟艾莱把账扯平，也许还能小胜半局。日落时分一号发射台将射出三批导弹。"

人群中响起一阵愉悦的窃窃私语声，鲁本快步跑去执行自己的任务。

整个上午，他一直忙着从极度多疑的巨型采石场地下仓储管理员手里领取钚燃料，然后看着它们通过数不清的审核和检验程序，最终进入装配程序。奥斯卡在那里监督装配人员将弯曲的钚燃料和爆炸透镜装入六十公斤重的弹头里。

下午3点左右时，发生了一起意外事故。鲁本看到奥斯卡走到一边去同一个维护员说了一会儿话，那维护员的警卫便扑向一个装配助手，将他拖走，对他喊冤的声音充耳不闻。那人被发现正在从事破坏工作。当弹头全部装好，导弹准备就位，只待发射后，两位原子操作员上到了第八十三层的食堂里。

有消息称今天的反击要开到接近最大火力；这消息很是激动人心。鲁本听到四面八方的闲聊都带着自我庆祝的语调："我们今晚要弄死他们！"

"你抓的那个装配助手，"他对奥斯卡说，"他是要干什么？"

他的上司瞪着他："你是在试图偷窥我的工作？别白费劲了，我警告你。你要是还嫌你在我心里的印象不够糟，我总能想法子让你保管的裂变物质不翼而飞。”

“不，不！我只是纳闷，怎么会有人做那种事。”

奥斯卡怀疑地哼了哼鼻子。“他可能疯了，就像所有其他安吉洛人一样。我听说那都是气候造成的。你既不是维护员也不是控制员。你操哪门子心？”

“我猜他们会对他处以脑灼之刑？”

“我猜是的。快听！”

一号发射台发射了。一、二、三、四、五、六。一、二、三、四、五、六。一、二、三、四、五、六。

人们面面相觑，相互握手，放声大笑，尽兴地互拍肩膀。十八枚导弹正穿越平流层，眼见便要砸在艾莱领地上。只要运气好些，会有一两枚穿透对方拦截网的第一道防御墙，在足够近的地方爆炸，将那沿海的疯子城市里的一些玻璃震碎，墙面震塌。这会给那群疯子一些颜色看看。

五分钟后，一个兴高采烈的声音充满了大半个丹佛。

“侦察导弹报告，”这声音说道，“发射导弹十八枚，十八枚全部按预定轨道发射成功。十五枚被艾莱的一线截击导弹击落，三枚被艾莱的二线截击导弹击落。在艾莱的格里菲斯公园地区观察到爆炸造成了大面积破坏。”

人群中传来欢呼声。

同时，八个全副武装的维护员突然静默地闯入食堂，又挟着鲁本齐齐整整地走了出去。

鲁本知道自己不能挣扎，也知道问问题徒劳无益。你向维护员提出任何问题都是白问。然而当他们将他推上上行电梯时，他对他们怒目而视。

电梯行过第八十九层后，鲁本就数不清楼层了。他只看得到丹佛上层的奇迹。他看到铺满整个走廊的地毯、造型奇特的喷泉、嵌着马赛克图案的墙面、彩色玻璃窗，这一切比他的认知更加美妙，有些东西他甚至叫不出名字。

最终，他被带入一间铺着木板的屋子，屋里摆着一张抛了光的桌子，桌子后是一张地图。他看见梅和另一个人，那人一定也是位将军——鲁道夫？——而坐在桌前的是一个瘦弱的老人，两边卡其色肩章上各佩戴着一串星星。

那老人对鲁本说："你是个艾莱间谍，一个破坏者。"

鲁本看看梅。他竟能直接同一位星级如此高的人说话吗，尽管是为了回答这样的指控？

"回答他，鲁本。"梅亲切地说道。

"我是梅的下属鲁本，八十三层原子操作员。"他说。

"解释，"另一位将军语气不善，"如果你能解释，为什么今天你装配的十八枚导弹全部发射失败。"

"但它们发射成功了呀！"鲁本叫道，"侦察导弹报告说，穿透敌军防御网的三枚导弹造成了大面积破坏，报告完全没提其他导弹没有发射成功。"

另一位将军突然满面病容，而梅愈加亲切了。那佩戴星章的人一脸疑问地转向维护员的头领，后者点头道："侦察导弹报告确实是这样说的，长官。"

那将军厉声道："我说的是他企图破坏这次攻击。显然他失败了。我也说了，他是个有毛病的替身，不知怎的轻而易举就潜入我这位朋友梅的队伍。你会发现他的左手大拇指指纹是一个拙劣的伪造品，复刻的是真鲁本的指纹，你还会发现他的头发是人工染黑的。"

那人冲维护员的头领点了点头，后者说道："我们拿着他的卡片，长官。”

鲁本突然发现有人来取他的指纹，还拽了几根头发。

“这是指纹验证，长官。”一个维护员说，“他就是鲁本。”

“头发是自然的，长官。”另一个维护员说。

将军展开了最后一搏：“我得到的有关他头发的情报似乎有欠准确。但指纹就只能说明艾莱的间谍将我们档案中的鲁本指纹替换掉了。”

“够了，先生，”佩戴星章的老人说，“所有人解散。鲁道夫，我很意外。你们所有人，都走。”

鲁本发现自己正跟梅待在宽敞的豪华寓所中，后者咕哝着，难以自禁地咯咯直笑，直到将三粒绿色胶囊匆匆塞进嘴里才终于止住。

“这意味着我的好朋友鲁道夫要失势很多年了。”他志得意满地说，“他的计划是叫你的替身破坏进攻导弹，好叫我的组织看起来充满间谍。那替身肯定已被催眠，审讯时就会承认一切。鲁道夫太自信了，于是在进攻开始前就已经报告了一切，这蠢货！”

他又翻出绿色胶囊。

“长官。”鲁本慌道。

“这只是暂时的，”梅咕哝着又吞了第四粒，“但你是对的。你别管这些。有些大事必得靠你这一生来完成了，我已经时日无多。我同你说过，我需要一个能一路爬上高位的年轻人。鲁道夫是个蠢货。他不需要这些胶囊是因为他从不提出任何问题。有意思，我以为像替身事件这种政变必然会沉重地打击我，但我眼下一点感觉也没有。现在不像从前了。过去我总是计划了又计划，当敌方的诡计遭到破坏，我的感觉也比现在好得多。但现在我什么感觉也没了。”

他从椅子上向前倾身，他的瞳仁宛如黑色的子弹。

“你想要工作吗？”他盘问道，“你想要你的世界地覆天翻，要你的头脑发狂，你想去做这世上唯一值得去做的那件工作吗？回答我！”

“长官，我是一个忠心耿耿的人。我愿意遵循您的命令，尽我全力去实现它。”

“很好，”将军说，“你有头脑，有追求。我会给你打好基础，但我命不久矣，无法完成这件事。你必须跟随我的脚步。你去过丹佛之外吗？”

鲁本僵住了。

“我没有指控你是间谍的意思。去丹佛之外真的不是什么坏事。我去过外面。开始时，外面没有什么好看的——只有布满弹坑的地面，都是被艾莱和我们的枪炮炸的。但再远一些，特别是东面，情况就不一样了。到处是青草、绿树、鲜花。还有可供种植食物的田地。

“当我到了丹佛之外后，这一切都困扰着我。让我产生了种种疑问。我想知道我们是怎么开始这一切的。是的——怎么开始的。事情本来不是这个样子的。有人建造了丹佛。你理解我的意思了吗？事情本来不是这个样子的！

“有人建造了核反应堆，生产铀和钚。有人把我们运送上来装配导弹。有人连接了电路去控制它们。有人开始建造了水培箱。

“我曾在档案堆里埋头寻找。也许我找到了点儿什么。我翻到堆积如山的力量报告、配给报告、供应报告，但始终没找到原点。我找到这样一张纸，也许它能说明什么，也许不能。那是关于科罗拉多河以及哪一方应分配到多少水源的。你要怎么分割一条河里的水？但这可能就是一切的起因，丹佛、艾莱和这些导弹攻击。”

将军摇摇头，困惑地接着说下去：“我无法清楚地看到前方面临的是什么。我想让丹佛与艾莱之间和平相处，但我不知道该怎样开始，也不知道这会带来什么。我想这肯定意味着停火，甚至停止制造更多的武器。也许这意味着我们中的一些人，我们中的很多人将离开丹佛，去过一种全然不同的生活。这就是我一路向上爬的原因。这就是我为什么需要一个愿意尽己所能向上攀爬的年轻人。告诉我你是怎么想的。”

“我想，”鲁本衡量着分寸说，“这很伟大——这是在救赎丹佛。如果您愿意，我会为了守护您的事业战斗到最后一息。”

梅疲惫地微笑着倒在了椅子里，而鲁本蹑手蹑脚地溜出房间。

这是什么运气，鲁本想——能身处如此重要的历史转折点究竟是多么不可思议的运气！

他找了找鲁道夫的寓所所在楼层，并获得了准入许可。

面对这位将军，他说道：“长官，我不得不向您报告，您的好友梅发了疯。他适才疯疯癫癫地向我鼓吹要颠覆我们现有的文明，还劝诱我追随他的脚步。我假装同意了——因为我若能取得梅的信任，便能为您提供更好的服务。”

“所以？”鲁道夫若有所思地说，“给我讲讲替身的事儿。那事儿是为什么搞砸了的？”

“漏洞完全在于塞琳和阿尔蒙。塞琳没能成功吸引我，反倒引起了我的警觉。阿尔蒙则是没能体察到塞琳的不成熟。”

“他们该被处以脑灼。这就会在我部门的第八十九层空出一个缺来，是不是？”

“您真好心，长官。但我觉得我最好还是留在梅的手下——只是表面上。如果您想给我任何奖赏，我愿意以后再领受。我猜测梅会被选为下一任五星上将。在那以后，他很难活过两年，就他目前的服药状况来看，概率上就是这样。”

“我们可以把两年的时间缩到更短，”鲁道夫笑道，“我有一位药剂师看得出，他服用的药量比正常药量强效许多。”

“这太好了，长官。等到他过于虚弱，再也无力履行职责时，他也许会重翻旧账，试图用这次替身的事儿诋毁您的名誉。到时我可以出来做证我一直是您的人，是梅利用权势强逼我的。”

他们将脑袋挤在一处，自以为是文明的两个救世主，在无尽暗夜中，进行着一番漫长的巧妙密谋。

（憬怡　译）

符号之辩

四个重大事件或者重要人物的影响让科幻小说作家们看到了科幻小说可能成为——也许是应该成为——艺术的可能性。第一个是1950年《奇幻与科幻杂志》的创刊。第二个是达蒙·奈特从1945年开始发表在多个科幻迷和专业杂志上，并在50年代继续专注撰写的评论最终结集成书，这便是《寻找奇迹》(*In Search of Wonder*, 1956，1967年出版了增补版)。在20世纪50年代中期，奈特和詹姆斯·布利什共同参与创立了一份名为《科幻论坛》(*Science Fiction Forum*)的评论期刊，不过该刊物持续时间不长。第三个影响是朱迪斯·梅丽尔编辑的一系列年度最佳选集。这些选集不仅看重优秀的写作水准，还开始收录来自科幻杂志之外的故事。第四个影响是詹姆斯·布利什，他甚至比奈特更注重将艺术潜力而非仅仅技术素养设立为衡量作品的标准。他们的成功部分归功于他们在写作和评论两方面的资历。

像奈特一样，布利什一开始以小威廉·阿塞林(William Atheling, Jr.)为笔名为业余爱好者杂志撰稿。这是对他崇拜的文学人物埃兹拉·庞德（以那个名字撰写音乐评论）的致敬。尽管布利什坦然承认自己就是那个笔名背后的真尊，但他的批评文章都是以小威廉·阿塞林之名被收录在《手头的问题》（*The Issue at Hand*，1964）和《手头的更多问题》（*More Issues at Hand*，1970）中的。奈特和布利什的书都是由科幻界的关键力量之一——由粉丝组织的降临出版社出版的。

在《手头的更多问题》的第二章中，布利什提出了批评的理论基础："是作者给出了文学运动的实质、形式和自我意识；然而定义和描绘它的，通常为其指明方向的，有时候对它进行提炼的（这一命题尚无定论），则是批评家……" 在《手头的问题》导言中，他说科幻评论的作用（和在任何其他领域一样）是"要求编辑和作家意识到能力的最低标准"，并"让非专业读者清楚这些标准是什么"。在《手头的更多问题》导言中，他把优秀的批评家定义为"一个善于倾听、热爱自己的领域并对该领域的技术有着广博而详细了解的人"。

布利什便是这样的人，除了这个定义的要求，他还加上了大量科幻小说之外的文学知识，特别是有关他那个时代的巨擘们，其中格外值得一提的是詹姆斯·乔伊斯。布利什也是一位天才作家，因其 1958 年的小说《事关良心》（*A Case of Conscience*）而获得了雨果奖。布利什写过二十部长篇科幻小说，其中最著名的是"飞行城市"四部曲（*Cities in Flight*），由《地球人，我们回家》（*Earthman, Come Home*，1955）、《他们将拥有星辰》（*They Shall Have Stars*，1956）、《在时空的尽头凯旋》（*The Triumph of Time*，1958）和《流浪星海》（*A Life for the Stars*，1962）组成。它们也被称为"移民故事"。在垂暮之年，他汇集了一套雄心勃勃的三部曲，名为《既已知晓》（*After Such Knowledge*），其中包括关于罗杰·培根（Roger Bacon）的历史小说《神奇医生》（*Doctor Mirabilis*，1964）、《事关良心》、《黑色复活节》(*Black Easter*, 1968)和《审判翌日》(*The Day After Judgment*, 1971)——他把最后两部看作一部小说。他也是一位多产的短篇小说作家和短篇小说批评家。他最好的作品包括《豆茎》("Beanstalk", 1952)、《表面张力》("Surface Tension", 1952)和《嗡鸣》("Beep", 1954)。后来他把这几个作品改写成长篇小说《泰坦的女儿》(*Titan's Daughter*, 1961)、《幼苗之星》(*The Seedling Stars*, 1957)和《时光之梅》(*The Quincunx of Time*, 1973)。具有讽刺意味的是，也许是在晚年搬到英国之后，他的名气又变得更大了一些，这是因为他改写的"星际迷航"系列小说，包括一至十二集和《斯波克必须死!》(*Spock Must Die!*, 1970)。他出版了几本短篇小说集，包括《詹姆斯·布利什的最佳作品》(*The Best of James Blish*, 1979),《偶像的黄昏》(*A Dusk of Idols*, 1996)是在其去世后出版的。

他最受好评的短篇小说之一是《通用时间》("Common Time"),它是受一家小众杂志《科幻季刊》(*Science Fiction Quarterly*)委托创作的封面故事，于1953年8月出版。它将第一次"成功的"星际飞行及其造成的创伤与潜意识的象征主义融合起来。在1967年发表于《科幻论坛》并被收编在《寻找奇迹》第二版中的一篇文章中，达蒙·奈特提出了他对困惑的布利什的弗洛伊德式解读。对于大多数读者而言，象征主义解读可能更适合保留在潜意识层面上，但很明显，小说通过叙述解决了解释星际空间陌生环境的困难，并且谈到了人类所处的境况，以及人类星际旅行的艰难。

(秦鹏　译)

通用时间

［美国］詹姆斯·布利什

……日子一天天慢慢过去，无休无止、平淡无奇，一如日月星辰的往复流转。时间和时间碎片！伴着航船沉闷地摇晃，我的吊床像钟锤一般摆动了多少个世纪，计数着小时和岁月。

——赫尔曼·梅尔维尔，《玛迪》

1

不要动。

这是杰拉德醒来后的第一个念头，也许这个念头救了他的命。他在自己的位置上躺着，被绑在垫子上，听着发动机的嗡嗡声。这本身就不对劲，他根本不应该听得到超速转动的声音。

他心想：它已经启动了吗？

除此之外似乎一切正常。DFC-3 已经达到了星际速度，他还活着，飞船还在运转。此时此刻，飞船应该正以 22.4 倍光速的速度飞行——也就是每秒 415.7 万英里。

不过，杰拉德并不怀疑飞船在飞行。在之前的两次尝试中，到了超速转动应该启动的时候，飞船都适时地朝着半人马座阿尔法星的方向倏然而去了。在它们消失后，人们对转瞬即逝的残留图像进行了光谱学分析，得到的多普勒频移与希泰尔预测的那一刻的加速度是吻合的。

问题不在于布朗和塞利尼没有按部就班地离开，而是他俩从此杳无音讯。

他非常缓慢地睁开了眼睛，感觉眼皮沉重得要死。根据座椅对皮肤造成的压力判断，重力应该是正常的。然而，动一动眼皮却好像成了一项不可能的任务。

漫长的凝神聚气之后，他终于完全睁开了眼睛。仪器底架就在他面前，靠着弯接头的支撑伸到了他的躯干中部上方。他仍然全身纹丝不动，只用眼睛——而且这也要凭借着极大的耐心——查看了每一个仪表。速度：22.4 倍光速；运行温度：正常；飞船温度：37 摄氏度；气压：778 毫米汞柱；燃料：一号油箱满，二号油箱满，三号油箱满，四号油箱 90%；重力：1 克；日历：停止。

他仔细地看了看日历，尽管眼睛的聚焦好像也非常慢。当然，它不只是一个日历——它是一个全功能时钟，旨在向他展示时间分分秒秒地流逝，以及他预计耗时十个月的双星之旅已经过去了多久。然而它无疑出了问题：秒针一动不动。

这是第二个异常。杰拉德有种起身看看能否重启时钟的冲动。说不定造成时钟停摆的问题只是暂时的，已经成了过去时。他的脑海里立刻响起了旅行开始前他对自己整整灌输了一个月的禁令——

不要动！

不要动，先把不用动弹就能掌握的情况都掌握了再说。那种将布朗和塞利尼无可挽回地掳至乌有之所的力量是强大且完全无法预知的。他们两个都是优秀的人，聪慧，机智，训练水平刚好达到收益开始递减的程度，而且一丝一毫也没超出——堪称项目中的佼佼者。针对各种已知问题的应对方案已经被内置到他们的飞船中，一如它们被内置到 DFC-3 中。因此，如果还是出了什么问题，它有可能出在某个不起眼的角落——而且只出一次。

他听着嗡嗡声。声音平稳沉静，不算响亮，却给他造成了严重的困扰。超速转动应该是无声的，第一批无人操作的飞船试飞器上的录音带上没有记录到这样的嗡嗡声。噪声似乎没有干扰超速转动的运行，也没有表明超速转动有任何故障。它就是那么莫名其妙，他想不出任何造成这个声音的原因。

但总得有一个原因。找到这个原因之前，哪怕是喘气这样的事情杰拉德也不打算做。

令人难以置信的是，他这才意识到，自打苏醒过来，他实际上还没有喘过一口气。尽管他并没有感到丝毫的不适，但这一发现引起了他压倒性的恐慌，以至于他差点就直挺挺地从座椅上坐起身来。幸运的是——或者说看起来幸运的是，在恐慌开始消退之后——影响他眼睑的奇特昏睡感似乎扩散到了他的全身，因为在他能够聚集力量应对之前，那股冲动就消失了。恐慌虽然一度非常深刻，但终归还是完全符合理智的。过了一会儿，他注意到，就他所知，不能呼吸丝毫没有让他觉得难受——他就是没有气息，而这一点有待解释……

或者会要了他的命。不过还没有，暂时。

发动机嗡嗡作响；眼睑沉重；呼吸缺失；日历停止。这四件事搁到一起也说明不了任何问题。他很想让自己某个部位活动一下——哪怕只是一个大脚趾，但是他压制住了这个念想。他才醒过来很短一段时间——最多半个小时——便已经注意到四种异常情况。肯定还会有更多的异常，比这四种更难察觉；但是仍然可以在他不得不活动之前通过仔细检查而发现。除了关心自己的需要，他也没有什么特别的事情要做。考虑到布朗和塞利尼没能回来搞不好是因为超速转动遭到了篡改，这个项目让计算机全盘接管了DFC-3。在一种非常现实的意义上，杰拉德只是在听天由命。只有当超速转动关闭时，他才能调整——

砰。

传来一个柔和而低沉的声音，有点像酒瓶的软木塞弹飞了，似乎就来自控制底盘的右侧。他用坚定的意志制止了自己靠在垫子上的脑袋朝那边猛转的动作。慢慢地，他把目光瞥到那个方向。

他看不出来任何可能的声音来源。飞船的温度计没有显示任何变化，这排除了膨胀率或者收缩率的差异造成的热噪声——这是他能想到的唯一可能的解释。

他闭上眼睛——这个过程和睁开眼睛一样困难——试图回想他刚从麻醉中醒来时日历的样子。在想出来一幅清晰而——他几乎可以肯定——准确的图像之后，杰拉德又睁开了眼睛。

声音是日历向前走动一秒时发出来的。它现在又一动不动了，显然停了下来。

他不知道正常情况下秒针跳一次需要多长时间。这个问题他从来没有考虑过。当然，每一秒钟结束时的那一下跳动太快了，眼睛根本跟不上。

他后知后觉地意识到，进行这些思考让他遗漏了多少关键信息。日历已经走动了。最重要也最优先的一件事情是，他必须确切知道多久之后日历会再次走动……

他先估计时间已经过去了五秒，然后开始数秒。六秒、七秒、八秒——

才刚刚数到这里，杰拉德便发现自己正在堕入地狱。

一开始，一股令人作呕的恐惧毫无来由地迅速涌入他的血管，变得越来越强烈。他的肠子开始以极其缓慢的速度打结。细微而缓慢的脉冲流过他的整个身体——并不足以让他抖动起来，只是让他的四肢来回轻摇，皮肤在衣服下微波轻漾。在嗡嗡声的映衬下，他听到了另一个声音，某种近乎次声波的雷鸣，仿佛来自他自己的脑袋里面。恐惧仍在加剧，随之而来的是疼痛和沉坠感——他的肌肉像木板一样僵硬，尤其是腹部和肩膀，对前臂也造成了差不多同样严重的影响。他觉得自己身体的中部开始非常平缓地弯折，这是一个他完全无力阻止的动作——一种可怕的渐进瘫痪……

恐惧持续了几个小时。在它最严重的时候，杰拉德的思想，甚至个性，都被冲刷得一干二净；他只是一个恐怖的容器。当几股理智的涓涓细流开始返回那毫无理智的炽热情感沙漠时，他发现自己正坐在垫子上，用一只胳膊将控制底盘推回到它的肘接点上，不让它继续伸在自己的身体上面。他的衣服被汗水湿透了，而汗水倔强地既不蒸发也没令他凉快一点。他的肺有点疼痛，尽管他仍然没有感觉到一丝气息。

到底是怎么回事？布朗和塞利尼就是因这个而死的吗？因为如果这种事情经常发生的话，杰拉德也会因此丧命——对此他确信无疑。哪怕仅仅再发生两次，他也会被杀死，如果接下来的两次紧接着第一次的话。在最好的情况下，他也会沦为一个流口水的白痴。计算机也许能把杰拉德和飞船带回地球，但它无法告诉该项目他经历的这场毫无道理的恐惧风暴。

日历显示这段地狱般的漫长历程仅仅持续了三秒钟。当他恼怒而质疑地看着它的时候，它又砰地响了一声，纡尊降贵地让整场发作的总时长延续到了四秒钟。怀着坚定的决心，杰拉德再次开始数秒。

他小心翼翼地将读秒设置成一个绝对均匀的自动过程，无论他在处理什么问题，或者应对着什么样的情绪风暴，这一过程都会在他心智的深处持续进行。真正强迫性的计数不会被任何东西阻止——无论是刻骨铭心的爱恋还是帝国的惨痛。杰拉德知道在自己心中故意建立这样一个机制的危险性，但他也知道自己有多么迫切地需要计时。他正开始理解自己遭遇到了什么事情——但是要想运用这种理解，他需要准确的度量。

当然，关于超速转动对飞行员主观时间可能造成的影响，人们已经提出了很多猜测，但是那些猜测都没有得出什么重要结果。在低于光速的任何速度下，对飞行员来说，主客观时间都是完全一致的。对于地球上的观察者来说，飞船上的时间在接近光速时似乎会大幅变慢，然而飞行员本人不会觉察到明显的变化。

目前的两种相对论都否认了超光速飞行的可能性——尽管原因略有不同，因此从这两个理论中都得不出任何线索能够说明在超光速飞船上会发生什么。它们甚至否认任何这种飞船存在的可能性。事实上，令 DFC-3 得以飞行的希泰尔变换是属于非相对论范畴的：它表明一次超光速旅行的表观时间流逝应与飞船时间以及旅途两端的观察者所测得的时间一致。

但是由于飞船和飞行员属于同一个系统，两者在希泰尔方程中由同一个表达式描述，所以从来没有人想到飞行员和飞船会保持不同的时间。这个想法很荒谬。

一千七百零一，一千七百零二，一千七百零三，一千七百零四……

飞船保持着飞船时间，与观察者时间一致。它将在十个月后到达半人马座阿尔法星系。但是飞行员保持着杰拉德时间，在这个时间中他看起来好像根本到达不了那儿。

这是不可能的，然而事实在这里摆着。某种因素——几乎可以肯定是超速转动场对人体新陈代谢产生的某种意料之外的生理副作用，显然这种副作用在超速转动的机器人自动驾驶测试中是无法检测到的——加速了杰拉德对时间的主观感知，而且加速效果相当彻底。

随着日历的内部构造开始提供动力，秒针开始了缓慢的、初步的颤抖。七千零四十一、七千零四十二、七千零四十三……

数到七千零五十八，秒针开始跳到下一个刻度。它花了几分钟的表观时间才越过这一小段距离，又花了几分钟才完全止住。又过了一会儿，声音传到了他耳边：

砰。

他身体没有什么动静，脑子却狂热地运转起来，开始摆弄数字。随着数字变大，他计一个数需要更长的时间，所以日历两次跳针之间的间隔可能更接近七千二百秒，而不是七千零五十八秒。通过反向计算让他很快得到了他想要的换算值：

飞船时间的一秒相当于杰拉德时间的两个小时。

他真的数了对他自己来说的整整两个小时吗？这似乎是毫无疑问的。看来以后的旅程还有好久好久。

具体的时长给他造成了猛烈的心理冲击。

对他来说，时间慢了七千两百倍。他将需七万两千个月才能到达半人马座阿尔法星。

也就是——

六千年！

2

之后，杰拉德一动不动地坐了很长时间。温暖的汗水如同涅索斯的毒衬衣一直包裹着他，甚至拒绝冷却。毕竟，不着急。

六千年。在这么长时间里，食物、水和空气都不会缺，哪怕六万年、六十万年也没问题。只要还有燃料，飞船就会自然而然地制备出满足他需求的物资，而燃料本身能够自我补充。即使杰拉德每隔客观时间——或者说飞船时间——的三秒钟就吃一顿饭（他突然意识到，他做不到，因为收到命令之后，飞船要花几秒钟的客观时间准备和上饭；而在杰拉德时间里，他一天能吃上一顿就算走运了），也没有理由担心供应短缺。这是项目工程师在设计 DFC-3 时最先排除的事故可能性之一。

然而没人想到要提供一种能够无限期翻新杰拉德的机制。六千年后，在 DFC-3 微光闪烁的平滑表面上，除了薄薄的一层灰尘，他什么也不会剩下。他的尸体保存的时间或许比他的寿命还要长，因为飞船本身是无菌的——但最终他会被自己消化道里的细菌吞噬。活着的时候，他需要这些细菌来合成他的部分维生素 B，但是一旦他不再是飞行员这种复杂而精妙的平衡体——或者任何其他种类的生命——它们就会毫无顾忌地消耗掉他。

简而言之，杰拉德将在 DFC-3 离开太阳系之前死去；一万两千年的表观时间之后，当 DFC-3 返回地球时，连他的干尸都将不复存在。

这时候他内心感到一阵寒意，而这寒意似乎与他认为自己对这个发现的感受几乎没有关系。这种寒意持续了很长一段时间，就他所能描述的而言，它似乎是一种紧迫感和兴奋感所交织带来的寒意——而不是他在虚拟死刑判决中应该感受到的那种寒意。幸运的是，它并不像上一次情绪痉挛那样猛烈得令人难以忍受。时钟嘀嗒过两次，当寒意消退的时候，它在杰拉德心里留下了一丝疑惑。

如果这种时间延长的效果只是精神上的呢？他身体的其余部分

可能仍然保持着飞船时间。杰拉德没有直接的理由不这样认为。如果是这样，他也只能按照飞船时间活动，完成最简单的任务也需要几个月的表观时间。

但如果是这样，他会活下来。抵达半人马座阿尔法星的时候，他的大脑会比身体老 6 000 岁，也许还会疯癫，但是他会活着。

另一方面，如果他的身体运动和心理过程一样快，他就必须非常小心。他将不得不慢慢移动，施力要尽可能地小。在拿起铅笔这样的任务中，为了让铅笔从一个静止状态进入另一个静止状态，正常人类手部运动要给它施加大约 2 英尺 / 秒的加速度——当然还要有等值的“减速度”。如果杰拉德试图以他的时间给保持着飞船时间的 2 磅重物体施加 14 440 英尺 / 秒^2 的加速度，他必须对其施加 900 磅的力。

并不是说这做不到，关键是这需要像推一辆熄火的吉普车一样费力。他永远不可能只用前臂肌肉拿起那支铅笔。他必须使上全身的力量。

人体的构造并不适用于无限期地维持如此大的压力。即使是最强大的职业举重运动员也不需要每时每刻都展示自己的伟力。

砰。

日历又响了。又过了一秒钟，或者说又过了两个小时。这时间感觉确实超过了一秒钟，但也不到两个小时。主观时间显然是一个被频繁再复杂化的度量体系。即使在这个微观时间的世界里——至少杰拉德的心智似乎正在其中运转——他也可以通过对某个问题产生积极的兴趣而让日历两次跳动的时间间隔变得更短一些。这在他醒着的时候将有助于消磨时间，但也只有在他身体的其他部分没有和大脑保持相同时间的情况下才会有帮助。如果真是这样，那么在他醒着的许多世纪里，他会过着极其活跃，但也许并非不可忍受的精神生活，并且会幸运地睡上差不多一样长的时间。

这两个问题——他的身体可以施展多大的力量，以及他可以指望在脑海中睡多久——同时浮现在他意识的前台，而他仍然懒洋洋地坐在吊床上，两个问题的先决条件仍然乱作一团。日历嘀嗒一声后，飞船——或者说杰拉德从这里可以看到的那部分——又恢复了彻底的僵硬。引擎的声音至少在他听来，似乎也没有频率或者振幅方面的变化。他仍然没有呼吸。什么都没动，什么都没变。

他仍然觉察不到胸膈或者胸腔的任何运动，正是这一事实最终决定了他的命运。他的身体肯定保持着飞船时间，否则他早就因缺氧而昏迷了。这一假设也解释了他所遭受的那两次漫长得难以置信而且看似毫无来由的情绪风暴：它们只不过是他的内分泌腺对他早先经历的纯智力反应的反馈。他发现自己没有呼吸，感到一阵恐慌，并试图坐起来。在他的心智忘记了这两股冲动很久以后，它们才从他的大脑沿着神经一点一点地移动到腺体和相关的肌肉，于是真正的身体上的恐慌发生了。当这一切结束时，他实际上是坐了起来，尽管肾上腺素的泛滥使他没有注意到自己所做的动作。后来的寒意——没之前的恐惧感那么剧烈，而且显然与他发现了自己可能在旅行结束前很久就死去有关——实际上是他的身体对更早的精神指令的反应。他在计算时间差异时，所感受到的抽象兴趣狂热是造成这种现象的原因。

显然，以后他必须非常小心地对待各种看起来冷淡和理智的冲动——否则他终究还是要以漫长而痛苦的腺体反应来为这些冲动付出代价。不过，这个发现给他带来了相当大的满足感，杰拉德把它前前后后想了个通透。几个小时的快乐当然不会伤害他，而且如果这种腺体的快乐是在他抑郁的时候找上门来，它甚至可能会有所帮助。毕竟，六千年的漫漫光阴，沮丧的机会多的是。因此，最好是努力促成所有那些快乐的时刻，并尽可能延长其后续反应。而恐慌、恐惧和忧郁这些情绪是他必须在它们进入他的心智瞬间就对其严格控制的，否则它们会使他深陷四、五、六，甚至十个杰拉德小时的情感地狱而难以自拔。

砰。

这就放心了，非常好：他已经度过了两个杰拉德小时，几乎没有遇到任何困难，没有特别意识到这段时间的流逝。如果他能真正安定下来并习惯这种安排，这趟旅行也许不会像他起初担心的那样糟糕。睡眠将会占据其中很大一部分时间。在醒着的时候，他可以投身于大量创造性的思考。在飞船时间的一天内，杰拉德进行的思考可以超过地球上任何一位哲学家的一生。如果杰拉德足够自律的话，他可以花一个世纪的时间去追寻一个想法的结果，详尽到每一个细节，然后还有一千年的时间去继续下一个想法。等到六千年过去的时候，还能有什么样的整套纯粹理性是他不能拥有的呢？只要足够的专注，他可能会在飞船时间一天的早餐和晚餐之间想出罪恶问题的解决方案，而在一个月的飞船时间里，他说不定能够触及第一推动！

砰。

杰拉德倒也没有乐观到认为自己可以全程保持逻辑性甚至理智。从大部分细节来看，前景仍然黯淡。但机遇也是有的。有那么一瞬间，他遗憾是他自己而不是希泰尔得到了这样一个机会——

砰。

——因为这个老人家当然可以比杰拉德更好地利用它。必须是受过严格数学训练的人才能对这种情况加以最充分的应用。尽管如此，杰拉德开始感到——

砰。

——他自己也能做得很好，而且他意识到（只要他保持基本的理智）他就能——

砰。

——在十个地球月后回到地球，而且带着超前许多世纪的知识——

砰。

——远超希泰尔，或者任何人——

砰。

——那些只能在正常的一生中工作的人。噗。整个前景令他开心起来。噗。甚至日历的嘀嗒声听起来也更加欢快了。噗。现在，尽管他给自己定下了不能移动的铁律，噗他还是觉自己相当安全噗，因为无论如何噗，他已经噗动过了，而且噗没有噗受到噗伤害噗噗噗噗噗噗噗噗噗噗噗……

他打了个哈欠，伸了个懒腰，站了起来。毕竟，过于高兴可行不通。需要应对的问题肯定还有好多，例如，当他较高级的中枢正在关注一些纯粹哲学观点的推论时，如何同时保持住执行某个飞船时间任务的冲动。此外……

此外，他刚刚移动了。

不仅如此，他的身体刚刚以正常时间做了一个复杂的动作！

杰拉德还没有看向日历，便领悟到了它一直嘀嘀嗒嗒地向他投送的信息。虽然他一直在享受早先满足感持久的腺体回流作用，他还是没能注意到，至少没能有意识地注意到，日历在加速。

再见，能让希腊先贤相形见绌的宏大伦理体系。

再见，远超狄拉克旋量计算不知多少倍的演算。再见，令上帝沦为 N 维后场里一个三等茶水小子的杰拉德宇宙学。

还有，再见了，他曾经在大学里尝试过的一个项目——描述并统计做爱的体位——人们私下传说应该至少有四十八个。杰拉德从来没能让自己的纪录超过二十，而他刚刚失去了也许是最后一次尝试的机会。

他所经历的那一段微时间已经结束了，这时候距离飞船进入超速转动，以及他从麻醉中苏醒，仅仅过去了几分钟。理智上的漫长痛苦，及其相应的腺体反应已经消失。杰拉德现在保持着飞船时间。

杰拉德坐回吊床上，不确定自己应该苦恼还是放松。最终这两种情绪都不能让他满意，他就是感觉意难平。在微时间持续期间确实挺糟糕的，但是现在它已经消失了，一切看起来都很正常。如此转瞬即逝的现象怎么会杀死了布朗和塞利尼？他们都是稳稳当当的人，杰拉德私下估计，他们比他自己还稳当。然而，他都能挺过来。难道它不止看上去那么简单？

如果真是那样，它到底还有什么不简单之处？

没有答案。在他的胳膊肘处，在无休无止的恐慌刚开始的时候被他推到一边的控制底盘上，日历继续嘀嗒作响。发动机的噪声消失了。他呼吸正常，节奏平稳而自然。他感到身轻体健。飞船平静沉稳，没有什么变化。

日历嘀嗒得越来越快。它到达并超过了超速转动飞行的第一个小时，飞船时间。

砰。

杰拉德惊讶地抬起头来。这一次，那个熟悉的声音是时针前进一格时发出来的。分针已然扫过了半小时的刻度。秒针转得像个螺旋桨——就在他看着的这会儿工夫，它加速到了完全不可见——

砰。

又一个小时。半小时已经过去了。砰。又一个小时。砰。又一个小时，砰。砰。砰，砰，砰，砰，噗噗噗噗噗噗……

随着时间在杰拉德身边流逝，日历的指针越转越快，直至看不见。然而飞船并没有发生什么改变。它还在那里，刚硬死板，不受侵犯。当日期的变化也到了杰拉德看不清的地步，他发现自己再次动弹不得——而且，尽管他的整个身体仿佛蜂鸟一样兴奋，他的感官却接收不到任何连贯的信息。舱室变暗了，变得更红了。或者不是，它……

但他没能见到这一过程的结束，也没能抵达希泰尔超速转动将他带往的宏观时间的顶峰观察这种现象。

他先陷入了假死状态。

3

杰拉德的死亡并不彻底，在 DFC-3 进入超速转动之后相对较短的时间内没有完全死亡，这纯粹是偶发情况，但是杰拉德对此并不知情。事实上，他在一段不确定的时间里一无所知，只是僵硬地坐在那里呆视前方，新陈代谢慢到几乎停止，头脑中也基本上没有任何活动。不时有一波低水平的新陈代谢活动经过他的身体——那是对某种神秘的生存冲动的回应，要是让电工来描述，它们也许会被称为“维护周转”。但它们都是非常基本的本能，因此他根本没有意识到。这是假死。

不过，当观察者真正到达时，杰拉德醒了。即便是现在，他也无法理解自己的所见所感；但是有一个事实是明确无误的：超速转动关闭了——时间流逝速率的疯狂变化也随之消失——有强光从某个舱口射进来。旅程的第一阶段结束了。正是环境中的这两个变化使他恢复了生机。

然而，使他恢复意识的那东西（或者说那些东西）是——是什么？它根本让人无法理解。它是一个结构，相当脆弱的结构，完全包围了他的吊床。不，它不是一个结构，而是某种显然有生命的东西——一个横向组织的生物，绕着他围成了一个圆圈。不，是很多生物。或者所有这些东西的组合。

它进入飞船的手段还是个谜，但它就在那里。或者说它们就在那里。

“你怎么听？”生物忽然间没头没脑地问了一句。它的声音，或者它们的声音，从圆圈的每一点以相同的音量传来，但又不是从圆圈的任何特定一点传来。杰拉德想不出这声音有什么不寻常。

“我——”他说，“或者我们——我们用耳朵听。这儿。”

他的回答无意中带着一长串元音，听起来荒腔走板。他好奇自己为什么说着这么奇怪的语言。

“我们-它们向你求爱，向你-你的——如此明智。”那个生物说。砰的一声，一本书从 DFC-3 宽敞的图书室里跌落到吊床旁边的甲板上。“我们到处求爱了很多次。你就是生物-杰拉德。我们-它们是克林斯特顿·比德蒙，带着所有的爱。”

“带着所有的爱。”杰拉德附和道。比德蒙对双方都在说的这种语言用法很奇怪，但是杰拉德还是找不到任何合理的理由来解释为什么比德蒙的用法应该被认为是错误的。

“你——你们-它们来自半人马座阿尔法星吗？”他犹豫不决地说。

“是的，我们听到了双音囊，在礼品孔外面现身。怀着最高的爱慕之情，我们-它们争取生物-杰拉德，有意于双音囊，温柔而响亮。你怎么听到的？”

这一次——生物-杰拉德听懂了这个问题。“我听到地球的声音，”他说，“但那很柔软，而且并不表现出来。”

“是的，”比德蒙说，“这是一种和谐，并非第一次，一如我们的。全食者在那里倾听爱人的声音，而不是在音囊上。让我-我的争取你-你的，好让你沿着对生物-杰拉德来说馥郁芬芳的通道记住美好的比德蒙和其他兄弟以及恋人们。”

杰拉德发现自己毫无困难地理解了这番话。他想起来，用其本身的词汇理解一种语言——而不必在心里将其译回英语——是一种只有通过克服困难和长期练习才能获得的能力。然而，他的脑海中立刻出现了“但这就是英语啊”这句话，当然是英语。克林斯特顿·比德蒙刚刚提出的好意是非常热心的，而令他自己和比德蒙都十分开心的是，他继而也变得非常热心、非常有爱。这几乎毋庸赘言。

在那之后，发生过许多次飞船的配对，生物-杰拉德定下了比德蒙的和谐，让他有着许多礼物孔的飞船处于和谐之中，供全食者去爱，而比德蒙则展示了它们-它们的。

他还试图讲述他如何失去了对超速转动的爱，超速转动只追求空间和时间，还产生了微特征。美好的比德蒙追求超速转动，但超速转动没有争取它-它们。

然后生物-杰拉德知道所有的时间都被吞噬了，他必须再次听到地球。

“我向你-它们献上最真挚的爱，”他告诉比德蒙，“我将崇拜阿尔法和比邻星的音囊，‘在地球上，就像在天堂一样’。现在，超速转动的我-其他必须追求并赢得我，让我崇拜一个非常像沉默的微特征。”

"但你会再次被追求的，"克林斯特顿·比德蒙说，"在你崇拜地球之后。时间爱你，全食者就是时间。我们-它们将等着这另一个到来。"

杰拉德私下里不太相信，但他说："是的，我们-他们会在别的地方向比德蒙示好。带着所有的爱。"

比德蒙也向他表示了崇敬之意，就在这时，超速转动启动了。那艘有着许多礼物孔还带着生物-杰拉德的飞船-其他的飞船看见了双音囊分开了。

然后，又一次出现了假死。

4

当杰拉德无边无际的假死意识洞穴中燃起了一支小小的蜡烛时，DFC-3 已经进入了天王星的轨道内。太阳仍然很小、很远，从近旁的舱口看去，毫无壮观可言。接近两天的时间里，也没有什么呼唤沉浸在假死后酣眠中的他。

电脑耐心地等待着他。它们已经可以接受他的控制。如果愿意的话，他现在可以亲自操控飞船返回地球。但是电脑的设计也考虑到了这样一个事实：等到 DFC-3 回来时，他可能真的已经死了。它们等了他整整一周，在此期间他除了睡觉什么也没做，于是它们再次接管了控制权。无线电信号调至一个特殊的频道开始向外发送。

一小时后，传回来一个非常微弱的信号。这只是一个方向信号，在 DFC-3 内部没有引起什么动静——但足以让这艘巨大的飞船再次动起来了。

正是这个进展唤醒了杰拉德。他的清醒意识仍然沉浸在假死的冰冷泡沫中。就他所见，除了甲板上的那本书，船舱的内部一点也没有改变——

书。克林斯特顿·比德蒙把它丢在那里的。但是老天爷啊，克林斯特顿·比德蒙到底是什么东西？而他，杰拉德，又在喊什么？这说不通。他依稀记得半人马星双星附近的某种经历——

——双音囊——

又是一个这样的词。听起来好像带有希腊词根，然而他并不懂希腊语——另外，为什么半人马座的人会说希腊语？

他向前探了探身子，启动了将前舱口的盖板移开的开关。前舱口实际上是一台带有半透明显示屏的望远镜。它显示着几颗星星，一侧边缘附近有一个微弱的光轮，可能是太阳。屏幕大约一点钟方向有一颗豌豆大小的行星，两侧各有一个茶杯把手似的微小突起。启程的时候 DFC-3 没有经过土星。当时土星与飞船的预定路线分别位于太阳的两侧。不过这颗星球确实很难认错。

杰拉德正在回家的路上——他还活着，心智正常。不过他真的心智正常吗？这些关于半人马座人的幻想对他的情绪似乎仍然影响巨大——这可算不上他心智稳定的有力证据。

不过这些幻想正在迅速消失。他努力回想起“记忆”中最呼之欲出的一个片段，发现了比德蒙的复数形式竟然有个德语词根，便不再认真对待这个问题。很明显，说希腊语的半人马座人肯定不会使用德语弱名词复数。整件事显然是被他的潜意识编造出来的。

然而他在半人马座星星边发现了什么？

这个问题没有答案，只有一堆呓语，说着什么爱、全食者和比德蒙，让人无法理解。也许他根本没有见到半人马座的星星，只是在这里躺了整整二十个月，像条冰冷的鲭鱼。

或者已经过了一万两千年了？经过了超速转动玩弄的那一通时间把戏，客观日期到底是什么时候已经无从得知了。杰拉德慌乱地操作起望远镜来。地球在哪里？一万两千年过去了——

地球就在那里。他很快意识到，这说明不了什么问题。地球已经存在了亿万年，一万两千年对于一颗行星来说算不了什么。月亮也在那里，两颗星球都清晰可见，位于太阳的远侧——但也并不算太远，用望远镜的最高功率就能清楚地分辨出来。杰拉德甚至可以看到格陵兰岛以东不远的大西洋洋面上反射着一片清晰明亮的阳光。很明显，计算机正把 DFC-3 从黄道平面以北大约 23 度带往地球。

月亮也没有变。他甚至看到了它表面上白色的巨大溅射痕迹，就像地球洋面上的太阳亮斑，那是由氢氧化镁构成的着陆信标，在太空飞行时代的早期被人类撒在汽海上。在信标南部边缘有一个黑点，肯定是曼尼里乌斯陨石坑。

但这还是说明不了什么问题。月亮从未改变。现代人在它表面撒下的一层灰尘会保留几千年。汽海信标面积达四千多平方英里。在不到一个世纪的时间里，岁月不会使它暗淡，人类自己也没能力抹掉它，别管是偶然还是有意。在一个没有大气层的世界上，一旦你在那么大的区域撒上尘土，那些尘土便会一直留着。

他比照图表核对星星。它们没有动过。仅仅一万两千年而已，它们怎么会动呢？北斗七星的斗柄仍然指向北极星；天龙座如同一条神奇的带子，缠绕在大熊座、小熊座、仙王座和仙后座之间，一如既往。这些星座只能告诉他地球北半球正值春天。

然而是哪一年的春天呢？

这时候，杰拉德忽然想到他有一个找到答案的方法。月亮在地球上引起潮汐，作用和反作用永远势均力敌而又针锋相对。月球不可能只移动地球上的东西而自身不受到影响——这种影响表现在月球的角动量上。月球与地球的距离每年稳定增加 0.6 英寸。经过了一万两千年，它与地球的距离应该增加了600英尺。

有可能测出来吗？杰拉德对此表示怀疑，但他还是拿出了星历表和分线规，拍了照片。在他工作的过程中，地球变得更近了。完成第一次计算时——计算结果并没有什么用处，因为允许的误差范围超过了他试图验证的距离——地球和月球在望远镜中已经足够近，可以进行更精确的测量。

他苦笑着意识到，这些都没什么必要。计算机已经把DFC-3带回来了，不是带回到某颗被观测到的恒星或者行星，而是带回到一个计算出的位置。计算机不会做出DFC-3返回时地球和月球不在那个位置的假设。从这里可以看到地球便已经是很好、很充分的证明，证明这趟旅程并没有比最初的计算结果耗费更多的时间。

这个结论对杰拉德来说也算不上新鲜，只不过一直被他搁置在了脑后。事实上，他一直在思考这个问题，而这是有原因的，也只有一个原因：在他自己的大脑深处，他设立了一个计时机制。很久以前，在尝试确定飞船日历的时间时，他就启动了强迫性的计时——似乎从那以后，他的计时就一直没有停止过。这是有意启动某种心理机制的已知危险之一。现在它在这些完全无用的天文学操练中结出了果实。

对这一点的认识有着治愈性的效果。他粗暴地结束了计算，大脑深处那个不被理睬的白痴终于停止了计时。它已经在算盘上拨弄了二十个月，杰拉德想象着它退休时应该是很愉快的，一如他自己感觉到它离开时的心情。

他的无线电发出嘎嘎声，传出了焦急的声音：“DFC-3，DFC-3。杰拉德，你听到我的呼叫吗？你还活着吗？这里每个人都要急疯了。杰拉德，如果你听到了，呼叫我们！”

那是希泰尔的声音。杰拉德合上了分线规，因为动作太猛，被一个尖头扎到了手腕。“希泰尔，我在这里。DFC-3 呼叫项目组。这里是杰拉德。”然后，不知道为什么，他补充道，“带着所有的爱。”

喧闹结束之后，希泰尔对时间效应更感兴趣了。“这无疑大幅增加了我的工作量，”他说，“但我认为我们能够在转换中找到对它的解释，甚至还可能把它分解出来。这样在飞行员看来，它就被排除了。不管怎样，我们会看到结果的。”

杰拉德一边沉思一边摇晃着他的威士忌。在该项目组的行政楼，希泰尔逼仄老旧的办公室里，他感到陌生，又感到衰老、压抑，伸不开手脚。他说：“我认为我不想那么做，阿道夫。我认为它救了我的命。”

“怎么救的？”

“我告诉过你，我好像死过一段时间。自打回来以后，我就一直在读书；我发现心理学家对人类精神的个性的重视程度远不如你我。你和我都是物理科学家，所以我们认为世界都在我们皮肤之外——可以被观察到，但不会改变本质的我。但是很显然，那种旧的唯我论立场并不完全正确。我们的个性，其实在很大程度上取决于我们环境中的一切，那些存在于我们皮肤之外的东西，无论大小。如果你能以某种方式切断外界向一个人施加的所有感官影响，他将在两三分钟内结束作为一个有着鲜明个性的人的存在。他可能会死。”

“引文结束：哈里·斯塔克·苏利文。”希泰尔冷淡地说，“所以呢？”

“所以，”杰拉德说，“想想宇宙飞船内部的环境有多么单调吧。它完全僵硬、静止、毫无变化、毫无生气。在普通的星际飞行中，在那样的环境下，即使是最坚强的太空人也会时不时地失去理智。我猜你和我一样了解典型的宇航员精神病。人的个性变得像他周围的环境一样僵硬。通常而言，只要进了港，并与多少算是正常的世界再次接触，他就会恢复。

“但是在 DFC-3 中，我与周围世界的隔绝要严重得多。我看不到舱外——我在超速转动状态下，什么也看不见。我无法和后方交流，因为我走得比光还快。这时候我又发现，在很长一段时间内，我也不能移动。即使对普通宇航员来说，不断变化的仪器在我看来也好像没有运转。就连它们都凝滞了。

“时间流逝的速率开始回升后，我发现自己身陷一个更加不可能的盒子里。仪器动起来了，这倒是不假，然而它们动得太快了，我看不清楚。这时候整个形势完全僵化了，事实上我已经死了，就像我周围的这艘飞船一样凝滞如冰，在超速转动运转的整个过程中保持着那种状态。”

“那只能说明，”希泰尔冷淡地说，“时间效应很难算是你的朋友。”

“其实是的，阿道夫。听着。你的引擎对主观时间产生影响，令它在太慢和太快之间沿着连续的曲线变化——而且，我想，还会再变回去。那么，这是一个连续变化的情形。从长远来看，它不够显著，不足以让我免于假死，但也足以保护我不致被彻底消灭，我想布朗和塞利尼就是遭遇了这个。他们知道，只要能够到达超速转动，他们就可以关掉它，他们在尝试的过程中丢掉了性命。但是我知道我必须坐下来接受它——而且我的运气确实很好，你那个沿着正弦曲线的时间变化让我活了下来。”

“啊，啊，”希泰尔说，“这一点值得考虑——尽管我疑心它可不会让星际旅行变得非常受欢迎！”

他噘着薄薄的嘴唇，再次陷入了沉默。杰拉德感激地啜了一口手中的佳酿。

最后希泰尔说：“你为什么会因为那些半人马座人而烦恼？在我

看来，你做得很好。你做了英雄倒不是什么大事——傻瓜都可以勇敢——但我也注意到了，你动过脑子，而布朗和塞利尼显然只是被动反应而已。你到达双星时发现了什么，有什么秘密吗？”

杰拉德说：“是的，有。但我已经告诉你是什么了。走出假死之后，我仿佛沦为某种塑料复写本，谁都可以在我身上留下点印记。我自己的环境，我普通的地球环境，都远在天边。我当时所处的环境几乎和以前一样僵硬。在我遇到半人马座人的时候——如果我遇到了，我对这一点完全不确定——它们成了我的世界中最重要的东西，我的性格也随之发生了改变，以适应和理解它们。那是一个我无能为力的改变。

“也许当时我确实理解它们。但理解它们的人不是现在和你对话的这个人，阿道夫。由于我现在已经回到了地球，我并不理解那个人。甚至他讲英语的方式对我来说都是胡言乱语。如果我不能理解那段时间的自己——我确实不能；我甚至不相信那个人是我所知道的杰拉德——我能指望对你或者项目组讲述什么半人马座人的事情呢？它们在一个受控的环境中发现了我，并通过进入这个环境改变了我。现在它们走了，什么都没留下；我甚至不明白为什么我认为它们会说英语！”

“它们有自己的名字吗？”

“当然，”杰拉德说，“它们是比德蒙。”

“它们长什么样？”

“我没有见到它们。”

希泰尔朝前探了下身子。“那么……”

“我听到了它们的声音。我想。”杰拉德耸耸肩，再次品尝了他的威士忌。他回家了，总体来说，他心情不错。

但在他可塑的头脑中，他听到有人说，在地球上，就像在天堂一样；然后，另一个声音，也可能是他自己的声音（为什么他会想到“他-他者”？）说，比你想象的要晚。

“阿道夫，”他说，“项目就这样了吗？还是我们要更进一步？制造一艘更优秀的星际飞船，DFC-4需要多长时间？”“很多年，”希泰尔带着温和的微笑说，“别着急，杰拉德。你回来了，其他人都没能做到，没人会要求你再出去。我真的认为在你有生之年，我们都不太可能再造一艘飞船。即便造了，我们也不会急于发射它。关于你在那里发现了什么样的乐土，我们所知真的寥寥。”

“我愿意去。”杰拉德说，“我不怕回去——我想去。既然我知道DFC-3的表现了，我可以再承受一次，给你带回合适的地图、磁带、照片。”

“你真的认为，”希泰尔说，他的脸突然严肃起来，“我们可以让DFC-3再出去吗？杰拉德，我们要把那艘船拆解到分子，如果要建造DFC-4，这便是初步的准备工作。另外我们也不能让你走了。我不是有意要这么残忍，但是你有没有想过，这种回去的愿望说不定是某种催眠暗示的结果？如果是这样，你越想回去，对我们所有人来说就越危险。我们必须像检查飞船一样彻底地检查你。如果这些比德蒙想让你回去，它们一定有原因——我们必须知道这个原因。”

杰拉德点点头，但他知道希泰尔可以看到，他的眉毛在轻微颤动，额头上出现了皱纹，小肌肉的收缩阻止了眼泪流下来，却让他脸上其他地方更加显得悲伤了。

“简而言之，”他说，“别动。”

希泰尔露出一副礼貌的困惑神情。然而，杰拉德不能再说什么了。他已经回到了人类的通用时间里，再也不会离开了。

哪怕他还依稀记得自己的诺言，哪怕带着他心中所剩的所有的爱。

（秦鹏　译）

魔法之语

《奇幻与科幻杂志》将故事所呈现的文学内涵的重要性与创意和叙事性列作同等级别，甚至高于后两者。这为科幻小说领域带来了一批全新的读者和作者。当科幻文学的形态还比较单一，其定义由约翰·坎贝尔的《惊异》杂志划定的那会儿，这种文学性强的故事也会偶尔出现在《惊异》上。但通常它出现的地方——如果出现的话——会是在更小众、稿酬更低的杂志上。于那些杂志而言，作品气质与风格的一致性并不重要。因此，在雷·布拉德伯里发表了头三篇小说［其中两篇发表在约翰·坎贝尔主编的《惊异》杂志的《概率为零》（“Probability Zero”）栏目上］后，他的其他早期作品都在诸如《星球故事》（*Planet Stories*）、《惊险神奇故事》（*Thrilling Wonder Stories*）等杂志上发表。

《银河》杂志为科幻小说提供了另一条可行的出版渠道。在那里文学技巧得到了认可，但仍以故事情节为王。《银河》杂志支付的稿酬不亚于《惊异》杂志，甚至往往更高，声名也不下于它。《奇幻与科幻杂志》提供了第三种可能性，同样极具吸引力。许多作者被行业的美好前景所吸引而投身创作。阿夫拉姆·戴维森正是其中一位。他的小说对读者的文化知识储备和文学素养提出了要求，正如约翰·坎贝尔式的科幻小说对读者在科学知识和社会学隐喻层面的要求一样。

阿夫拉姆·戴维森在纽约的扬克斯出生。1940 年至 1942 年，他就读于纽约大学，随后参军，投身第二次世界大战。1950 年至 1951 年间，他就读于皮尔斯学院。早在 1946 年，他已崭露头角，在《正统犹太人生活》杂志上发表过短篇小说。1954 年 7 月，他的短篇小说《我的男友叫杰洛》（"My Boy Friend's Name Is Jello"）发表于《奇幻与科幻杂志》。这是他第一次从文学类杂志赚到稿酬。随后他在《奇幻与科幻杂志》及《银河》上发表了一系列诙谐优秀的短篇小说。1962 年至 1964 年间，他在《奇幻与科幻杂志》担任执行编辑；他曾参与编辑该杂志的三本年刊。随后戴维森成为自由职业者，经常受邀担任各大学院、大学的客座讲师和签约作者，直至 1993 年去世。

1962 年，戴维森发表了与沃德·穆尔（Ward Moore）共同撰写的首部长篇小说《快乐的腿》（*Joyleg*）。在整个写作生涯里，他还发表了另外十一部长篇小说。其中《迷宫大师》（*Masters of the Maze*，1965）、《异常的恶龙》（*Rogue Dragon*，1965）、《星王之战》（*Clash of Star-Kings*，1966）、《凤凰与镜子》（*The Phoenix and the Mirror*，1969）、《佩里格林之一》（*Peregrine: Primus*，1971）、《佩里格林之二》（*Peregrine: Secundus*，1981）尤为出色。尽管如此，令他广为人知的还是其短篇小说。它们被收录进《或者海中处处牡蛎》（1962）、《无比奇怪的星空》（1965）、《奇怪的海与岸》（1971）、《埃斯特哈齐博士探案集》（1975）、《雷德沃德·爱德华文书》（1978）和《阿夫拉姆·戴维森精选集》（1979）。他的短篇小说和长篇小说多次获得星云奖提名。其中短篇小说《或者海中处处牡蛎》在 1968 年获得雨果奖。

在千禧年来临之际，戴维森的创作得以重生。他的一部分未完成或未发表的作品得以问世，其他作品也进行了重印或再版。这要归功于他的前妻格拉妮娅·戴维斯和一些忠实书迷的努力付出。比如亨利·维塞尔斯（Henry Wessells），常年维护着戴维森的个人网站，还制作了电子刊物《纳特麦戈角[1]地方邮报》（*The Nutmeg Point District Mail*）。在那些年间出版的小说集有《阿夫拉姆·戴维森的宝藏》（1998）、《阿夫拉姆·戴维森研究》（1999）、《每个人都有挚爱在天堂》（2000）和《另一个十九世纪》（2001）。

《我的男友叫杰洛》是一部迂回表现主题的短篇小说。它以第一人称视角，描述了一个头脑发热、思维跳跃的男人。这在一定程度上让繁复的文风获得了合理性。"……半途行过（... its course half run）"是诗意的倒装；"……半途已然行过（... its course half i-run）"则令人想起乔叟的文风。叙述者拒绝称那位临床医师为"医生"，而叫他"药剂师"。类似的用词，像"草药灌肠""咽喉肿痛""疟疾""痘疹""汤粥""食物""濡湿"等等，让读者置身于拼写、文采和感受都被重视的时代。

不只是古色古香的词语和语法，文学典故也能让读者的历史和文学知识在阅读故事中起到作用。例如"奎沃夫牧师"[2]，是来自安东尼·特罗洛普（Anthony Trollope）的小说《巴彻斯特大教堂》（*Barchester Towers*）中那位拥有十多个孩子的人物。普里阿普斯是一位罗马小神，他的神像（他被视作男性生殖力量之神，有着突出的阳具而且常被涂成红色）曾被人们当作稻草人，用于护卫花园。

1. 纳特麦戈角为地名，是戴维森1977年的短篇故事《海牛女孩，你今晚可出来？》中提到的一个以谷物交易为主业的小镇。
2. 该名字来自《圣经·诗篇》，字面意思是"箭袋装满"，实际意为"多子多孙"。

卡图卢斯曾给普里阿普斯写了许多污秽的诗，就像那些在传统中为了警告入侵者，而专门插在神像口中的诗词一样。陶瓷碎片令人想到人类学；托尔特克人的徽章、石匠的标记和印度教徒的符号都暗指远古的魔法。香柠檬树是一种小型柑橘树，这种树结出的果子的皮可以提炼出一种芳香的油。曼德拉草根部分叉，形似人体，在古代它以神奇的催情功效而闻名。“我令汝退却（Araint thee）”——听起来有斯宾塞式味道的短语，其意为“你给我走开”；许门是希腊传说中的婚姻之神，“许门的祭品”指的是丈夫；“如尼（Runes）”指的是古日耳曼语字母表中的字母和字符，它们曾被斯堪的纳维亚人用于施展魔法。对抗疗法是一种治疗疾病的方法，这种方法通过使用药物会引起与患者所患疾病不同的症状。顺势疗法是一种引起患者产生与原病症相似症状的治疗方法——叙述者借这个词暗示瑟尔小姐也许对他施展了相同的魔法。“请用银币在我掌心画个十字”是吉卜赛占卜师的传统要求[1]。

对于理解和欣赏戴维森的小说，上述信息并非不可或缺。正如对于理解一个硬科幻小说来说，科学知识并非不可或缺。但是对于读者来说，获得更多的参考信息，将有助于他们更好地欣赏戴维森的智慧。

（王克　译）

1. 中世纪吉卜赛占卜师在开始占卜前往往会说这么一句。据称银和十字都能辟邪，因此这一举动可以澄清占卜师与魔鬼勾结的可能——然后占卜师会收走银币，作为预付的报酬。

我的男友叫杰洛

［美国］阿夫拉姆·戴维森

流行。问题不在于其他，只在于流行。病毒X在它的黄道上已然行过半途，可那位临床药师——其实我觉得他只是药剂师，根本谈不上是医生——却说，我感染的是病毒Y。毫无疑问，如果这事发生在海军里，他们还会说这是卡他热病毒。人们说从前根本就没几个人得阑尾炎，直到爱德华七世得了这档子病——就在他加冕礼前一两周。然后这病就流行起来啦。他（那个男医师）正把小药瓶里的液体一股脑地注射进我的身体。如果是在几个世纪前，他可能就给我用草药灌肠了……我在哪儿读过那些治咽喉肿痛（在字典里这种病叫"咽喉溃疡"）的旧式疗法？从七块草地里摘出七片草叶，从七匹骏马上敲下七片马掌。我的天啊！我到底在想什么？我的脑子肯定烧坏了。我一定是发烧了。这事毋庸置疑，我得了疟疾。

不过得疟疾也比痘疹好一些。痘疹这玩意儿非同小可。我倒是盼望那群编辑都染上这个病……编辑是个稀奇古怪的族类。通常女编辑叫璐璐·安娜贝勒·史密斯，或是明妮·伦德奎斯特·布卢姆，男编辑的额头上长着两只小尖角[1]。我猜他们都是贵格会教徒，因为他们的书信总是一成不变地以“亲爱的理查德·罗”或“亲爱的约翰·多伊”的方式作开头；至于“先生”这个称谓，他们似乎觉得毫无意义……如果他们真的写信的话；这会儿房东穆斯太太又在叫唤着大家交本周的房租。如果我有个儿子（没什么比这更不可能的啦），他只要表现出了一丁点儿成为作家的倾向，那我会立刻把他送到鱼贩子或烟囱清洁工师傅那儿当学徒。编辑们总说不要描写性爱，也不要去写和宗教相关的东西，历史也不行。然而，如果你真的要写历史，那么请务必把宗教和性爱也写进去。如果有人给你发一个禁欲的无神论主义者的故事，即使它非常精彩，你觉得会有人买账吗？

在屋舍的前方，两个小女孩正在做击掌游戏。右手，左手，双手交叠在胸口；左手拍右手，右手拍左手……这情景看得人眼花缭乱。她们一边拍手还一边唱：

“我的男友叫杰洛，
他来自辛辛内洛。
他的鼻头有颗小丘疹，
还有三根胖脚趾；
我的故事就此开始！”

这当中有种令人愉悦的超现实的氛围，深深打动了我。我常觉得小女孩非常可爱。遗憾的是，大人们的纵容让她们有恃无恐。在

1. 在《圣经·出埃及记》第三十四章第二十九节中有一句话：摩西从西奈山下来时，脸上发光。但在最早的拉丁文译本里，译者误解了希伯来语的原意，把这句话译成：头上长了两只角的摩西走下西奈山。因此后来许多人就误以为犹太男子头上长角，比如米开朗琪罗，他的著名作品大理石雕像（《摩西》）就头顶两角。

长大以后，她们总能把生活弄得一团糟，而且每况愈下。那些思想肮脏且愚昧的评论家把可怜的查尔斯·道奇森描绘成一个扭曲变态的怪物，仅仅因为道奇森一直深爱着爱丽丝，还可以随心所欲地陪她漫游仙境。我猜他们宁肯让他去当一名乡村牧师助理，并最终成为又一名“奎沃夫牧师”。一个平平无奇却极其恐怖的现实，它会把我们全都留在镜子[1]这一边。

那些小瓶里的不知名液体于我毫无药效。我觉得从前的杜佛氏散[2]虽说根本不能杀灭细菌，更别说病菌或病毒，可它至少可以让人出汗（有吐根），而且有种温和，不会上瘾的陶然感（来自鸦片）。但那已经不再流行啦。我们就是这样子，像一只日本华尔兹小老鼠[3]那样，一圈一圈，转个没完。我曾经认识一个日本人，他叫——算了，不说这事。转移自己的注意力。赶紧去和小女孩聊几句吧……

回想起来，那是一段有趣的小插曲。我向她们诉说生病带来的不便和酷热天气下的郁闷。讨论相当严肃，因为我从来都不会瞧不起孩子们。我们达成了共识——一场滂沱大雨会让世间万物变得清爽平静。然后她们渐渐变得心不在焉。我也只好重新靠坐在椅背上。瑟尔小姐可能很快就到了。穆斯太太（多完美的名字！她就缺一双鹿角[4]了！）这么说过，当时她正给我带来一碗汤粥，经过药剂师批准的食物。“她迟些时候会来，还会给你带来些好看的鲜花装点。”我相信，瑟尔小姐一定花了很多时间研习插花。她加入了一个大型营火协会，青年男女们会在周末结伴远足，然后带着晒得黝黑的皮肤、汗流浃背的身体、一堆植物和小动物的标本满载而归。不过，

1. 在道奇森的《爱丽丝镜中奇遇记》中，镜中的一切景象都是颠倒的，花草动物会交谈、工作、玩耍，人反而成了格格不入的怪物。道奇森通过荒诞的世界观和故事情节，揶揄了19世纪后期英国社会的人情世故。
2. 英国医生托马斯·杜佛发明的药散，20世纪60年代前曾长期用于治疗流感和普通感冒等疾病，由鸦片粉、糖和吐根混合而成，后被禁止使用。
3. 据说产自日本的一种老鼠，（因某种疾病）无法直线行走，只会一个劲打圈，像是在跳舞。
4. 原文此处是文字游戏。原文“Moos”（穆斯）和“Moose”（驼鹿）相近。

我必须说一句，瑟尔小姐其实是一个沉默寡言的人。她的姐夫、绰号“公牛穆斯”的家伙，会在病房里赖着不走——只要我还忍得下去。他总是把自己的愚蠢观点安在别人的头上。他会高谈阔论天气，哪怕我一言不发，然后他会说：“你看，正如你说的，这一切不是因为高温，而是湿气！”

想到这里，我注意到闷热的空气中出现了一滴雨露，顷刻间变成倾盆大雨。久旱逢甘霖，万物皆清爽。多么美妙的事情！唯一可惜的是，这场雨也将小女孩们方才游戏时留下的痕迹冲刷得干干净净。她们在人行道上用粉笔勾勒图形，加上些石子和玻璃碎片作为道具。她们哼着歌谣、在粉笔线框之间来回地单腿跳跃，踢开石子和玻璃碎片——其中也许还有陶罐的碎片——“踢房子”（potsie）这个单词或许就来源于“陶罐碎片”（potshard）？我应该写一篇专题著作。或许我可以指望拿个博士学位。我大可将那些粉笔标记与托尔特克人的徽章、石匠的标记，还有印度教徒用木屑和香喷喷的牛粪在身上涂画的符号来做类比研究。这些可都是高深的学问呢！

我感觉非常难受，尽管外面一直下着冷雨。要是没有这场雨，我或许会更难过。片刻之前，瑟尔小姐还在这里。她把一大盆绽放的鲜花放在房间一角的桌上。我本觉得花显得杂乱无章，但她轻声哼着歌，又摆弄了几下。那曲调有一丝怀旧的情愫，恍惚间让我感到惴惴不安。就在那时，她罕有地对我说话了。“你需要一个妻子来照顾你。”她说。我的血液骤然凝固，一股冷若冰霜的汗液将四肢打湿（引用那个可怜的普里阿普斯追随者卡图卢斯的话）。于是我呻吟起来。瑟尔小姐立刻离开了，嘴里嘀咕着“我去倒一杯茶”。要是我的身体好一些，我会立刻把床单连起来系成死结，爬窗逃跑。然而我现在实在虚弱得可怕。

大丈夫有泪不轻弹！

她真的端着一杯茶回来，咕咚咕咚地灌进我喉咙里。这茶的味道很奇特。是黄樟陈皮泡的？还是香柠檬片？抑或是曼德拉草根？我猜不到的还有瑟尔小姐的年龄。中分后卷的秀发，使她看上去毫不显老……青春永驻……

感谢上帝的眷恋，让阿耶劳先生在那一刻及时出现。他住在我的楼上，是一个品行正直的菜贩子，但他的脾气不是很好。阿耶劳先生给我送上早日康复的祝愿，然后开始倾诉自己足病的痛楚。我虽然置若罔闻，却也一直附和着他。其实我只想让瑟尔小姐速速去休……脚趾……他的脚趾有什么问题。有三根肿胀不已、疼痛难忍。刹那间，我的大脑突然清醒了。“您的名字怎么念？”我问阿耶劳先生。“阿——杰——洛。”他说。真奇怪，我早先居然一直没想到。现在让我好奇的是，他到底干了什么事惹毛了那些小女孩？也许他曾经粗暴地把她们从铺面前轰走？他的鼻头长了一颗扎眼的丘疹。到明天，那颗东西看上去就像美国丽人才有的雀斑。

幸运啊，他和瑟尔小姐一道出去了。我必须想明白这事。我必须保持冷静。高烧之雾，我令汝退却！事实显而易见：此处有巫师作祟。确切地说，是*女巫*。小女巫们呼风唤雨，而且她们给可怜的阿杰洛下了无伤大雅的诅咒。至于年长的女巫，则对我狠下毒手。如果我有一头奶牛，它此刻毫无疑问应已不再产奶。我应该挣扎求存？我应该就此认命？谁又知道，在色若青苔[1]的眼睛背后、在浓密发丝包裹的头骨里面，她们打着什么主意？与穆斯夫妇共处的日子，本来就危机四伏，难以思忖。她为什么不给阿杰洛下套？为什么选中我作为许门祭祀上的圣洁祭品？真是毫无意义的问题！一旦被女人用上如尼咒文，大部分的男人都无法脱身。而若有使用对抗疗法的医师，他的黑色小背包也空空如也，根本没有解药。

---

1. 原文此处是文字游戏，“青苔”（moss）字面和“穆斯”（Moos）相同。

文字之间的联系真是大妙！对抗疗法——顺势疗法——同源，相似，相同，悲伤，情感，苦痛——以毒攻毒——

那些小女孩又在我的窗外做游戏。她们拍着手，唱着歌。歌词里提到一个叫托尼的男朋友——他爱吃通心粉，手握大刀，怀抱娇妻，日子过得优哉游哉……他对孩子特别友善，跟那个屠户正好相反……力量，赐我力量！我轻而易举地从钱包里掏出两枚硬币，扔了出去。小女孩怎么可能对落在跟前的硬币熟视无睹呢？“英俊的先生，请用银币在我的掌心画一个十字……”是时候跟她们讲讲我的故事了……

我的感觉好多了。我想在很长一段时间里不会再见到瑟尔小姐。她刚打开门，大前门，然后孩子们唱出了新的歌谣，她立刻怒不可遏地关上门。砰！

阿杰洛又该倒霉了。但现在只能各顾各罢了。

听着她们的歌声从远处传来，我愿上天保佑她们幼小的心灵吧！我爱她们！多么纯真甜美的嗓音！

“我的男友快康复，
他会变得很富足。
女士请你不要抢，
也别着急去结婚。
二加二才等于四，还差一个没带来！”

我希望财富能真的让人快乐。我一定找阿杰洛问清楚，辛辛内洛究竟在哪里。

（王克　译）

一曲 50 年代的赞歌

20 世纪 50 年代是科幻小说前景一片光明的年代。这个年代本身正值蓬勃兴旺发展时期，科幻杂志像雨后沙漠中的野花一样遍地开花。位居正中的那片最初的绿洲以约翰·坎贝尔的《惊异》杂志为主，但安东尼·鲍彻的《奇幻与科幻杂志》和 H. L. 戈尔德的《银河》也明显与之旗鼓相当。

作家们似乎在杂志里写满了以前见所未见的故事。春天既在眼前，夏日成熟的果实也必定不远了。然后，杂志一本接一本地凋零，作家们一个接一个地转而从事其他活动，或投身于其他类型作品的写作。沃德·穆尔在《我们带来解放》（*Bring the Jubilee*）之后只写了一部科幻长篇小说，查德·奥利弗（Chad Oliver）把大部分时间都奉献给了人类学，弗兰克·罗宾逊（Frank Robinson）只与另一位转行者托马斯·N. 斯科蒂亚（Thomas N. Scortia）合写了几部灾难小说，西奥多·科格斯韦尔（Theodore Cogswell）投身于教学和学术演讲，马克·克利夫顿（Mark Clifton）于 1963 年去世，甚至就连罗伯特·谢克里（Robert Sheckley）的打字机在 1960 年后也几乎归于沉寂。也是在这十年间，艾萨克·阿西莫夫转而从事科普读物写作，弗雷德里克·波尔改行当了编辑，阿尔弗雷德·贝斯特则转而为《度假》撰稿。还有其他人也流失了：米尔德里德·克林哲曼、雷蒙德·班克斯、F. L. 华莱士、罗伯特·阿伯纳西，以及其他诸多人士。

其中一些人找到了报酬更高的职业；有些人江郎才尽；还有些人或许再也无法为其作品找到市场，或是失去了从事这项工作的欲望。在一本50年代短篇小说集的序言中，巴里·N. 马尔兹伯格（Barry N. Malzberg）写道：*是为夏末*。他声称，造成这一局面的部分原因在于最重要的报摊分销商美国新闻服务公司被拆分，许多杂志随之倒闭，其他杂志发行量也出现减少；还有受苏联人造卫星上天的影响；亨利·库特纳和西里尔·M. 科恩布鲁斯去世；安东尼·鲍彻退休；H. L. 戈尔德病退；以及图书市场的不断萎缩。

上述理由均不适用于小沃尔特·M. 米勒。他出生于佛罗里达海滨，除了在田纳西大学求学两年，在二战期间服役并参与五十三次战斗任务，以及在得克萨斯大学学习了两年工程学之外，他的大部分人生都是在佛罗里达海边度过的。他在一场车祸康复期间开始写小说，发表的首部作品是刊载于《美国信使报》的《麦克杜格尔太太》（“MacDougal's Wife”）。他在科幻杂志上发表的首部作品是《惊异》杂志1951年1月刊上的《死亡穹顶的秘密》（“Secret of the Death Dome”）。他最知名的作品包括《附加条件下的人》（“Conditionally Human”，1952）；《钉上十字架》（“Crucifixus Etiam”，1953）；《达夫星》（“The Darfstellar”），该篇获1955年雨果奖；以及《前锋》（“The Lineman”，1957）。他在25岁时改信天主教。

米勒仅有的长篇小说是《莱博维茨的赞歌》，但其短篇小说被收录在《附加条件下的人》（1963）、《自群星眺望》（1965）、《小沃尔特·M. 米勒科幻小说集》（1978）和《小沃尔特·M. 米勒佳作集》（1980）中。《莱博维茨的赞歌》获得了雨果奖，被译为五种语言，在美国出版了四次精装本和至少二十次平装本，几乎从未绝版过。或许是《莱博维茨的赞歌》的成功令人生畏，抑或是该作品写作之难令米勒创作的欲望消弭殆尽。可以肯定，米勒的沉寂不是因为缺乏读者欣赏。

《莱博维茨的赞歌》分三个部分独立成篇，发表在《奇幻与科幻杂志》上，开篇为《莱博维茨的赞歌》——在本选集中名为《第一曲赞歌》（*The First Canticle*），在小说中这一部分名为“要有人”（“Let there be man”）——载于1955年4月刊；继之以《光起》（*And the Light Is Risen*）——在小说中名为“要有光”（“Let there be light”）——载于1956年8月刊；终章为《最后一曲赞歌》（*The Last Canticle*）——在小说中名为“只为成就你的旨意”（“Let there be done”）——载于1957年2月刊。长篇小说成书时，原先的三个短篇故事经过了大篇幅扩写。例如，第一篇最初发表时在杂志上仅有十八页篇幅；而长篇小说成书后，此篇长达九十八页。不仅在最初的短篇故事中增添了诸多事件、人物和对事件的反思，而且一些事件也经过了改写。尽管如此，原来的短篇故事仍是确保长篇小说得以成书的基础，是长篇小说刊登在杂志上的范本，也展示了其自身的卓越水平。

《第一曲赞歌》讲述的是大灾难之后的故事——亦即它关注的是大灾难以后发生的事件，而非大灾难本身。最早的后灾难（同时也是灾难）故事或许是《圣经》中叙述的诺亚及其家人的故事。在科幻小说中，最早出现的灾难小说则是玛丽·雪莱的《最后一人》（*The Last Man*，1826），其后是乔治·汤姆奇恩斯·切斯尼爵士（Sir George Tomkyns Chesney）的《多尔金之战》（“The Battle of Dorking”，1871）、H. G. 威尔斯的《世界大战》（“The War of the Worlds”，1896）、M. P. 希尔（M. P. Sheil）的《紫云》（*The Purple Cloud*，1901）、乔治·艾伦·英格兰（George Allen England）的《黑暗与黎明》（*Darkness and Dawn*，1912），以及其余众多篇目，包括 H. G. 威尔斯的《在彗星年代》（*In the Days of the Comet*，1906）和《未来世界》（*The Shape of Things to Come*，1934）以及 L. 罗恩·哈伯德（L. Ron Hubbard）的《最后一次停电》（*Final Blackout*，1940）。

后核灾难故事或许始自 1943 年劳伦斯·奥唐奈[1]（Lawrence O'Donnell）——亨利·库特纳和 C. L. 穆尔——的一部题为《夜间冲突》（“Clash by Night”）的作品，随后还有奥唐奈的小说《暴怒》（*Fury*，1947）、帕特·弗兰克（Pat Frank）的《哀哉巴比伦》（*Alas, Babylon*，1949）、朱迪斯·梅丽尔的《壁炉之影》（*Shadow on the Hearth*，1950），以及其他多如牛毛的篇目，以至于编辑们都开始将其列为最不受欢迎的陈词滥调了。米勒对这一设想所做的处理，其独特之处在于小说设定的后灾难时代之遥远，融入了重获新生的修道院使命概念，以及对语言和人物刻画进行了细致入微的描写。

《第一曲赞歌》的吸引力部分在其犹如民间传说般的简洁，以及读者所意识到的复杂现实与数百年时光间隔、对信仰的诠释以及人物之不谙世事造成的扭曲之间形成的对比。然而，其激发读者想象的基础还在于这样的概念：历经了另一场文明的大破坏之后——这一次的破坏是由城市中的市民而非城墙外的野蛮人一手造成的——在保存和抄写希腊及罗马古卷手稿方面，天主教会将发挥类似于中世纪修道院的作用。莱博维茨修会的修士们就保存着手册和蓝图。

1. 库特纳与穆尔夫妇共同创作时所用的笔名。

对于宗教冲动的框架和细节，以及宗教符号和寓言，这部小说倾注了很多的关注。它对于基本思想也做出了更丰富、更深沉和更具反思性的处理。但如同《第一曲赞歌》一样，它既关注人物之间的相互关系，也注重情节发展。

20 世纪 50 年代中期是一个转折点。将近五十年后，特里·比森（Terry Bisson）完成了米勒直至临终前一直在创作的续集《圣莱博维茨与野马女》（*Saint Leibowitz and the Wild Horse Woman*），并于 1997 年出版。

（罗妍莉　译）

第一曲赞歌

[美国] 小沃尔特·M. 米勒

若不是那位腰间束着腰带的朝圣者于这位年轻修士的大斋期在沙漠中出现，犹他州的弗朗西斯·杰拉德修士永远也不会发现这份圣卷。弗朗西斯修士此前从未见过束着腰带的朝圣者，但他只瞥了一眼，就相信面前的这一位的确名副其实。这位朝圣者是个身材瘦高的老人，拄着根拐杖，戴着一顶柳编帽，蓄着毛茸茸的胡子，下巴周围已被黄沙染黄。他走起路来一瘸一拐，一侧肩上挎着只小小的革制水囊。他腰间缠的其实是块破破烂烂的脏麻布，除了帽子和凉鞋，他浑身上下就这么一件衣物了。他一路走，一路吹着不成调的口哨。

朝圣者拖着沉重的脚步，沿着破败的小径，从北方缓缓走来，似乎正朝着南面六英里开外莱博维茨兄弟会修道院而去。隔着一大片历尽沧桑的瓦砾，朝圣者和这名修士彼此都注意到了对方。朝圣者的口哨声停了，他盯着修士瞧。由于在斋戒期间独处的规矩有某些特定要求，修士很快移开了目光，继续手头的工作——搬来大石头，完成临时住所的防狼工事。弗朗西斯修士已经一连吃了十天的仙人掌果，身体不免有些虚弱，他发现这桩活计让他眩晕不已；周遭的景物在他眼前闪烁着、舞动着，还带有一些黑点。起初，他还不太确定忽然冒出来的这个胡子拉碴的身影到底是不是饥饿引起的幻觉，但片刻之后，那身影便向他欣喜地喊道："你好啊！"

这声音悦耳动听。

受大斋期止语的规则所限，年轻的修士无法作答，只好羞涩地对着地面微笑。

"这是去往修道院的路吗？"流浪者问道。

见习修士朝着地面点点头，伸手到地上去拿一块类似粉笔的碎石。朝圣者小心地穿过瓦砾堆，向他走来。"你搬这些石头干什么？"他问道。

修士跪下来，在一块平坦的大石头上匆忙写下了"独处、止语"几个字，以便让朝圣者明白——如果他识字的话，这种概率不大——他这是在给忏悔者制造犯罪的机会，或许他会开恩，平静地离去。

"哦，好吧。"朝圣者说。他在那里站了片刻，四处张望了一下，然后用手杖在一块大石头上敲了敲："那块石头看起来你用着应该挺称手的，"他主动开口帮忙，然后又道，"好吧，祝你好运。如你所愿，希望你能获得**声音**。"

弗朗西斯修士没有立刻意识到，那个陌生人所说的"声音"一词中包含着大写的字母"V"，他只是以为那位老人把他错当成聋哑人了。当朝圣者吹着口哨缓步走开的时候，他再次抬头看了一眼，即刻无声地在他身后祝福他一路平安，又接着砌起了石头。他正在砌一处跟棺材差不多大小的围场，这样晚上他就可以睡在里面，而不至于变成狼饵。

天空中游荡的积云从沙漠上空飘来，欲雨还休，让沙漠无奈，正要飘到群山那边去洒下湿漉漉的甘霖。在灼热的阳光下，这片云给了他求之不得的喘息之机，他干得飞快，想在云层飘走之前赶紧弄完。他不时停下手头的活计，悄声祈祷，希望能确知自己真正的天命，因为这就是他在沙漠中斋戒时内心探求的真正目标。

最后，他搬起了朝圣者先前敲过的那块石头。

他精疲力竭的脸唰一下变了颜色。他退后一步，扔下那块石头，仿佛刚才发现了一条蛇。

瓦砾堆里躺着一个锈迹斑斑的金属盒，几乎快被压扁了……

他好奇地朝那盒子走去，然后又停下脚步。有东西，真有东西。他急忙在胸前画了个十字，对着天空喃喃念了几句拉丁语，这样他仿佛就获得了什么防护似的，重新审视着那盒子。

“*Apage Satunas!*”

他擎着诵经用的念珠串上沉甸甸的十字架来吓唬它。

“滚开，肮脏的诱惑者！”

他悄悄从袍子底下拿出一个洒圣水用的小瓶，趁那盒子还没反应过来他要干什么，就把圣水洒到了盒子上。

“如果你是魔鬼的造物，那就滚吧！”

盒子没有表现出萎缩、爆炸或熔化的迹象，也没有渗出亵渎神灵的脓水。它只是静静地躺在原地，任由沙漠里的风将一滴滴圣水吹干。

“那就顺其自然吧。”这位修士说着，跪倒在地，把盒子从它的藏身之地拖了出来。他在瓦砾堆上坐下，花了将近一个小时，才用一块石头把它砸开。他脑海中闪过一个念头：这样的考古文物——这显而易见是件文物——或许正是上天赐下的对他天命的昭示。但他旋即又将这个想法按捺了下去，其速度跟念头冒出来的时候一样迅疾。他所在修道院的院长曾经严正警告过他，绝不要企盼自然奇观会给个人带来直接的启示。确实，他从修道院出来，在此斋戒并苦修四十天，以期或许可以获得圣职召唤的灵感；但若是指望有一种景象或一个声音呼唤道："弗朗西斯，你在哪里？"那简直就是异想天开。有太多的见习修士从沙漠守夜归来，带回了各种流言，称天空中曾出现过各种征兆、预示和幻象，凡此种种，善良的修道院院长都对其制定了严格的规则。唯有梵蒂冈才有资格判定这些事情的真假。他曾咆哮道："中了一次暑算不上什么表明你适合宣誓担任圣职的征兆。"当然了，随着内在的真谛逐渐成形，除了内在的心灵之耳，来自上天的召唤甚少通过其余方式来传达，这是真实不虚的。

然而，弗朗西斯修士在处理这只旧金属盒时，心中仍然尽可能地怀着敬畏之情。

盒子猛地打开，盒内有东西掉了出来。他目不转睛地瞧了半天，才敢伸手去摸，一阵凉意随之袭上他的脊梁骨。这是如假包换的古代文物！作为一名考古学专业的学生，他几乎不敢相信自己眼前晃动的景象。他心想，杰瑞斯修士会嫉妒得发疯的，不过他很快就对这样的恶念感到后悔了，于是他向着上苍喁喁细语，对赐下了这样的宝藏表示感激。

他轻手轻脚地抚摸着这些物件——这些都是再真实不过的存在——然后开始加以整理。他所具备的专业知识使他得以辨认出了螺丝刀——这是一种古代工具，曾用于将金属螺丝拧进木头——以及一副刀具，刀刃并不比他的拇指长，却坚固得足以割开柔软的金属或骨头。有一件奇怪的工具，木柄已经腐烂，还带着个沉重的铜头，上面粘着几片熔化了的薄薄铅片，但他根本不明白这是什么东西。有一圈用树胶做成的黑乎乎的环形物，千百年来已然严重变质，早已面目全非了，让他根本无法辨认。有奇怪的金属碎片、碎玻璃，以及各式各样带有金属线的微小管状物，正是山里的异教徒们当作宝贝般珍视的那种符咒和护身符，不过也有一些考古学家认为，这是传说中所谓"分析机"的残留物，据说可以一直上溯到"大火灾时代”。

他仔细查看过这一切，在平坦宽阔的石头上摊开来。他将文件留到了最后。一如往常，这些文件才是真正难得的珍品，因为在“简化时代”漫天的大火中，得以幸存下来的文件寥若晨星，当无知群氓叫嚣着复仇时，即便是神圣的文献也在烈火中烧卷了边，熏得焦黑，化作了一缕青烟。

他发现了两张叠起来的大纸和三张字迹潦草的手写纸条。由于年代久远，都有了裂痕，轻轻一碰就会损坏，他轻手轻脚地拿着文件，用长袍遮挡起来，免得被风吹到。上面的字迹难以辨认，并且是匆忙用“大火灾时代”以前的英文潦草写成的——这种语言如今与拉丁文一样，只有修士才会在圣礼上使用。他慢慢地拼出上面写的话，辨认出了单词，但话中的含义他却并不确定。其中一张纸条上写着：“一磅熏牛肉，一罐泡酸菜，六个百吉饼，给艾玛。”另一张上的整理出来则是：“别忘了给瑞文纽叔叔取1040表格。”第三张纸条上只有一列数字，在一个圆圈里写着总和，又在此基础上减去另一个数字，最后算出一个百分比，然后写着“该死！”二字。他从中什么也推断不出来，只好检查了一下算术是否正确，结果验算无误。

那两页面积更大的纸张当中，有一张卷得紧紧的，在修士企图展开时便碎成了一片片；他只能辨认出“赛马新闻”几个字，仅此而已。他把它放回盒子里，以备日后复原。

第二张大纸是折好的单页纸，折痕处相当易碎，他只能把折好的部分掀开一点，尽力往其中窥看。

这是张图……深色的纸上画着白线组成的网状图案！

他的脊梁上再次生起一阵寒意。这是一份蓝图——这是一种相当罕见的古代文献，最受研究古代文物的学生重视，而且其含义往往对翻译者和研究者来说都极具挑战性。

而且，仿佛这样的发现本身还不足以称其为一件幸事似的，在文件底下一角的方块里所写的词当中，竟有他所在修会的创始人——“真福者[1]莱博维茨”本人的名字！

他激动得双手颤抖，简直险些要把这张纸撕碎。临别时，朝圣者说过的话又浮现在他脑海中：“如你所愿，希望你能获得声音。”他确实获得了声音，“声音（Voice）”这个词其中的字母V是大写的，由从天而降的鸽子的双翼组成，以金叶为背景，发出三色光芒。V，一如“天命”（Vocation）当中包含的V字，他看得一清二楚。

他又偷偷地瞄了一眼，确信的确如此，然后舒了一口气：“真福者莱博维茨，请指引我……圣者莱博维茨，请倾听我。”第二句祷词可谓胆大包天，因为他所在修会的创始人尚未被追封为圣徒。

他忘记了修道院院长的警告，飞快地爬起来，目光越过那片闪着微光的地带，远眺南方，这是那位裹着粗麻腰布的老流浪者前往的方向，但那朝圣者早就走得无影无踪了。毫无疑问，他若非真福者莱博维茨本人，便定是上帝派来的天使，因为是他指出了这块石头应该挪开，并喃喃说出了那句预言般的道别之语，难道这一神奇的宝藏不正是他揭示的吗？

弗朗西斯修士站在阳光下，沉浸在满心敬畏之中，直到红日沉落山间，夜幕降临，似要用阴影将他吞噬。最后，他动了动，提醒自己有狼。天赐的这份礼物并不能确保他拥有征服野兽的神授之力，他急忙接着搭建藏身之处，要赶在黑暗笼罩沙漠之前完成。当星星出现在天空中的时候，他重新点燃了篝火，采到了每日果腹所需的小小的紫色仙人掌果，除了教士在每个安息日给他捎来的那把炒玉米，这就是他唯一的营养来源了。有时，他发现自己竟饥肠辘辘地

1. 文中莱博维茨此时仅列入真福品，尚未列入圣品，故下文称其为“圣者”属于逾矩。

盯着岩石上匆匆跑过的蜥蜴，并被大快朵颐的噩梦所困扰。

可是今晚，饥饿感倒在其次，更令他煎熬的是那股急不可耐的冲动，他想要跑回修道院去，向其他修士们宣告他的这场奇妙邂逅。当然这种做法是难以想象的。无论这是不是他的天命，他都必须留在这里，一如既往地修行，就像什么特别的事也没发生过一样，直到斋戒期结束。

这座遗址上将会建起一座大教堂，他坐在篝火旁，恍惚地想道。他似乎眼看着教堂从古老村庄的瓦砾堆中拔地而起，壮观的尖塔在沙漠中数英里开外的地方就能看到……

但教堂这种地方是为熙熙攘攘的人群准备的，而沙漠里只居住着零星的狩猎部落和修道院里的修士们。他在有关圣地的梦中安然入睡，束着腰带的朝圣者们如潮水一般被梦中的圣地吸引而来……他昏昏沉沉地睡着，等他醒来时，篝火已然仅剩下闪烁的余烬。好像有什么东西不对劲。他真是自己一个人吗？他眨巴着眼睛，在黑暗中四下张望。

烧得红通通的炭层上方，黑乎乎的狼也冲他眨了眨眼睛。修士尖叫一声，冲进掩体里躲了起来。

他躺在石头砌成的窝里瑟瑟发抖，一边在心中认定，方才的那声尖叫并不算严重违反了止语规定。外面传来带着肉垫的狼爪在石墙上四处抓挠的声音，他躺在那里，抱着金属盒，祈祷着斋戒期赶紧结束。

每天晚上，狼群都在他的营地四周踱来踱去，黑暗中充斥着它们的嚎叫。白天则是饱受饥饿、酷暑和炎炎烈日刺眼之苦的噩梦。他把白昼的时间用来祈祷和捡拾木柴，尽量抑制着急不可耐地期盼圣星期六正午赶紧到来的迫切心情——那意味着大斋期及他的守夜到此结束。

但等到那一刻终于来临的时候，弗朗西斯修士发现自己已经饿得连欢呼的力气都没有了。他疲惫不堪地打好小包袱，拉起蒙头斗篷以遮挡阳光，腋下夹着他的宝贝盒子。此时，他已经比大斋首日那会儿轻了三十磅、虚弱了好几倍，他踉踉跄跄地走了六英里的路，回到修道院，还没走到大门口，他便精疲力竭地倒下了。他的弟兄们把他抬进门，为他沐浴修面，往他干裂的身子上涂抹圣油。据他们传言，他一直在喋喋不休地说着胡话，讲起了一个裹着粗麻腰布、离奇出现的存在，他跟它说话，时而把它当作天使，时而又把它当作圣徒，他还频频提及莱博维茨的名字，感谢他揭示出了神圣的文物和一份赛马新闻。

这样的话透过修道院的集会，很快就传到了修道院院长的耳朵里，他的眼睛立刻眯成了一条缝，下巴也因坚如磐石的规定而僵硬起来。

“把他带来。”那位德高望重的院长咆哮道，他的语气令书记员急匆匆地碎步小跑而去。

修道院院长踱来踱去，心中的怒火越蹿越高。并不是说他反对神迹本身，前提是要经过充分的调查和证实，且秘而不宣；因为神迹——即便其总是有悖于行政效率，而修道院院长既是教士，也是管理者——恰是他的信仰建立的基石。但是去年，诺银修士就弄出了一根神奇的刽子手绞索；前年，斯米尔诺夫修士因触碰了很可能是真福者莱博维茨留下的遗迹，所患的痛风又神奇地痊愈了；然后再前年……呸！这些事件出现得太频繁，离谱得过了头，根本无法容忍。自从莱博维茨行过宣福礼[1]以来，这些小傻瓜就一直在到处闻

1. 天主教追封过世者的一种仪式，即列入真福品，意在尊崇其德行足以上升天堂。经过宣福的人，便可享有“真福者”称号，位阶仅次于圣徒。

来闻去，追寻着神迹的残片，就像一群好脾气的猎犬在天堂的后门急切地抓挠着，想要讨点残羹剩饭。

这完全可以理解，但也相当难以忍受。每个修会都莫不渴望着其创始人能列入圣品，且会高兴地拿出任何一种证据来支撑这一主张。但修道院院长手下这群人正在失控，他们对于神迹的痴迷快要令亚尔伯莱博维茨修会沦为新梵蒂冈的笑柄了。他已经下定决心，要让任何一位带来新神迹消息的人为此承担后果，要么算是因鲁莽和不当轻信而接受惩罚，要么算是为恩赐之物苦修而付出代价，以防今后万一神迹得到确证。

当年轻的见习修士敲响他的房门时，修道院院长已经切换到了他所期望的那种在温和的外表下随时准备扑食的状态。

“进来吧，我的孩子。”他呼吸柔缓。

“您派人来……”见习修士顿了顿，注意到了修道院院长桌上那只熟悉的金属盒子，他高兴地微笑起来，接着说道，“……来找我吗，胡安神父？”

“是的……”修道院院长犹豫了一下，声音里带着一种尖酸刻薄的笑意，又加了一句，“或者你兴许更乐意我去找你吧，因为你已经声名鹊起了。”

“哦，不是的，神父！”弗朗西斯修士的脸涨得通红，有些喘不过气来。

“你今年 17 岁，显然是个白痴。”

“毫无疑问是这样的，神父。”

“你狂妄自大到如此地步，竟相信自己能胜任圣职，你能找出什么不可思议的借口来为你的虚荣开脱呢？”

“我什么借口也找不出，我的领袖和老师。我的骄傲罪孽深重、不可饶恕。”

“想象其大到不可饶恕的程度，这是一种更为强烈的虚荣。”教士咆哮道。

“是的，神父，我其实就是个小人物。”

修道院院长冷冰冰地一笑，又恢复了戒备的淡然：“那你现在已经准备好了否认你在高烧之下的胡言乱语，说什么有个天使在你面前现身，为你揭示了这……”他朝着那盒子轻蔑地指了指，“……这些杂七杂八的垃圾？”

弗朗西斯修士咽了口唾沫，闭上了眼睛：“我——我恐怕我不能否认这一点，我的院长。”

“什么？”

“我不能否认我亲眼所见的事，神父。”

“你知道自己现在会面临着什么吗？”

“知道，神父。”

“那就准备受罚吧！”

见习修士忍气吞声地叹了口气，把长袍撩到腰间，弯腰趴在桌上。好心的修道院院长从抽屉里拿出胡桃木做的粗尺子，在他光溜溜的臀上噼里啪啦狠狠抽了十下。他每打一下，见习修士都要乖乖地对这顿教训报以一句“*承神之佑！*”以示谦逊的美德。

“现在，你收回你说过的话吗？”修道院院长一面放下卷起的袖子，一面问道。

“神父，我不能。”

教士转过身去，沉默了一会儿。“很好，”他简洁地说，“去吧。不过就别指望在这一季你还能跟其他人一起郑重宣誓了。”

弗朗西斯修士含泪回到他的单间。他的伙伴们即将宣誓，跻身于修道院的正式修士之列，而他还必须得再等一年——在沙漠里的狼群之中再熬过一次大斋期，寻觅他觉得已经向他断然昭示过的天命。然而，数周过去后，他不无满意地发现，胡安神父并没有完全认真地把他的发现当作“杂七杂八的垃圾”。考古文物引起了修士们极大的兴趣，大家花费了许多时间清理工具、分类整理、把文件纸张复原到柔软的状态，并试着确定其中的含义。见习修士们甚至还悄悄传言，弗朗西斯修士发现了真福者莱博维茨留下的真正遗物——尤其是那张蓝图，上面印着传奇的“操作员科博尔斯通，申请人莱博维茨及哈丁”，这些字样上染有若干棕色的斑点，这或许是他的血；或者同样也有可能（正如修道院院长所指出的那样）是腐烂的苹果核留下的污渍。但蓝图标示的日期是公元1956年，而在这一日期——几乎可以确定——这位尊者恰在人世，他的一生如今已被传说和神话弄得模糊不清，所以除了少数事实之外，关于他的事迹已几乎不可考。

据说，上帝为了考验人类，曾命令那个时代的智者——其中就包括真福者莱博维茨——完善残忍的武器，并交给后世的法老。有了这样的武器，在短短几周之内，人类便摧毁了自身的大部分文明，消灭了大部分人口。在“大火灾时代”之后，继之而来的是瘟疫、疯狂，“简化时代”的血腥开始了，那些愤怒的幸存者将政治家、技术员和学者撕得粉碎，并把或许包含着可能再次导向人类毁灭的所有信息记载统统付之一炬。再也没有什么比书面文字和有学问的人更招人切齿痛恨的了。正是在这一时期，“傻瓜”这个词的意思变成了“诚实、正直、有道德的公民”，而过去代表这一概念的那个词是“普通人”。

为了躲避幸存下来的傻瓜们正义的怒火，许多科学家和学者逃进了唯一试着为他们提供保护的避难所。圣母教堂接纳了他们，给他们裹上了修士的长袍，企图不让他们被暴民发现。庇护所有时确有其效，在大部分情况下还是不起作用。修道院遭到入侵，许多记录和圣书被人烧毁，避难的人们被抓起来绞死。莱博维茨逃到了西多会修道院那里，按照他们的方式宣誓，成为一名教士，十二年后，他经罗马教廷许可，建立起了一个全新的教派，名为“亚尔伯会”，这一修会得名于圣大亚尔伯[1]，他是托马斯·阿奎那[2]的老师、科学家的守护神。新修会的宗旨在于保存世俗和宗教知识，而弟子们的职责就是记住从世界各地偷偷运来的这些书籍和文件上的内容。最终，莱博维茨被傻瓜们判定为前科学家，并施以绞刑，不幸殉道；但修会却延续了下来，等到拥有书籍、文件不再构成危险的时候，许多书籍上的内容又根据记忆重新誊写成了文字。然而，优先记录下的是圣书、历史、人文和社会科学方面的书籍——因为记忆者的记忆是有限的，几乎没有多少弟子接受过可以理解物理科学的训练。在人类浩如烟海的知识宝库中，只有少得可怜的手写书籍留存了下来。

如今，在历经六个世纪的黑暗之后，修士们仍然保留着它、研究着它、抄写着它，并且等待着。对于他们而言，他们所拯救的知识毫无用处，有些甚至于无法理解，而这一点对他们来说完全无所谓。知识就在那里，拯救它是他们的责任，即便世上的黑暗再持续一万年，它也仍然会与他们同在。

次年，犹他州的弗朗西斯·杰拉德修士又重返沙漠，再次独居斋戒。他又一次虚弱无力地回到修道院，回到院长面前，院长需要知道，他是要声称曾与天国的一员有过进一步的会谈，还是准备否认他去年讲过的那个故事。

“我的老师，看到了就是看到了，我也没办法否认。”小伙子重复了一遍。

修道院院长又一次以基督之名惩罚了他，他正式宣誓的时间又

1. 中世纪化学家、神学家。
2. 意大利中世纪经院哲学的集大成者，下文中的《神学大全》即是他的著作。

一次被推迟了。然而，这份文件在誊抄了一份副本之后，已经被转交给一所神学院进行研究。弗朗西斯修士仍然是一名见习修士，仍然继续满怀希望地梦想着总有一天，在他发现的那处遗址上或许会建起一处圣地。

“倔小子！”修道院院长发火道，“要真是像他说的那样，那个邋遢的家伙正往修道院的方向去的话，为什么没有别人见过他说的那个傻呵呵的朝圣者呢？这就是魔鬼代言人导演的又一出恶作剧，还粗麻腰布呢，跟真的似的！”

关于粗麻布的那段内容一直令修道院院长备感困扰，因为按照传统说法，莱博维茨就是被人拿做兜帽用的粗麻布袋绞死的。

弗朗西斯修士当见习修士一当就是七年，先后七回在沙漠里斋戒守夜，他模仿的狼嗥惟妙惟肖。为博诸位弟兄一乐，天黑以后，他会在墙里学狼叫，把狼群唤到修道院附近来。白天，他就在厨房里打杂，擦洗石头地板，继续进行对古人的研究。

后来有一天，神学院派出的一名信使骑着毛驴来到了修道院，带来了令人雀跃不已的消息。“现在已知，”信使说，“在这附近发现的文件的形成年月真实可靠，而那份蓝图与你们修会创始人的工作存在着某种联系。文件已被送往新梵蒂冈做进一步的研究。”

“这么说，有可能真是莱博维茨的遗物吗？”修道院院长平静地问道。

但信使不可能打包票打到那个地步，他只挑了挑一侧的眉毛：“据说，莱博维茨在领受神职的时候已经丧妻。如果能找到他已故妻子的名字的话……”

修道院院长回想起了盒子里的那张纸条，上面提到了某些食品，是写给一个女人的，他也挑了挑一侧的眉毛。

没过多久，他便把弗朗西斯修士召到了面前。“我的孩子，”教士笑容可掬地说，“我相信，现在终于到了你可以宣誓的时候了。我还要赞扬你的耐心和毅力。我们再也不会说起你，呃……与那个，呃，沙漠里的流浪者相遇的事了。你是个好傻瓜。如果你愿意的话，你可以跪下来领受我的祝福。”

弗朗西斯修士叹息一声，向前栽倒在地，不省人事了。修道院院长为他祈福，又让他苏醒过来，批准他可以庄严宣誓加入亚尔伯莱博维茨修会，并让他发誓要永远安于清贫、守贞，服从并遵守教规。

不久以后，弗朗西斯修士被分派到誊抄室，师从一位名叫霍纳的老修士。弗朗西斯修士无疑会在这里度过他的余生，用橄榄叶和欢乐的小天使图案来装饰一页页的代数文本。

“你每周有五个小时的时间，”弗朗西斯修士那位上了年纪的监督人哑着嗓子说，“如果你愿意的话，可以用来从事你自行选择、经过批准的项目。如若不然，这段时间就会被指定用于誊抄《神学大全》和现存的《大不列颠百科全书》零散的残篇副本。”

年轻的修士仔细考虑了一下，然后问道：“我可以把这段时间用来为莱博维茨的蓝图制作一份漂亮的详尽摹本吗？”

霍纳修士怀疑地皱起了眉头：“我不知道，孩子——我们的好院长对这个话题相当敏感。我恐怕……”

弗朗西斯修士恳切地请求他。

“好了，也许吧，”老人勉强答道，“这个项目似乎需要的时间挺短，所以——我批准了。”

年轻的修士挑选出了手头上好的羊羔皮，花了好几个星期的时间来加工、拉长，把它压制成完美的平面，漂白得像雪一样白。他花了更长的时间，钻研他那份珍贵的文件副本的每一处细节，以便熟知由几何标志和神秘符号组成的错综复杂的网中每一道细小的线条和标记。他专心致志地研究着，直到他即便闭上眼，整份副本惊人的复杂图案也历历在目。他又额外花了数周时间，泡在修道院的图书馆里，煞费苦心地搜寻着任何可能会带来些许灵感、让他得以理解图案的信息。

杰瑞斯修士是一名年轻的修士，与他一起在誊抄室工作，经常拿他在沙漠中的那次神奇邂逅来取笑他。他走过来，斜着眼越过弗朗西斯肩头瞅了瞅，问道："请问，6–B 单元的晶体管控制系统是什么意思？"

"很明显，这幅图所代表的事物就叫这个名字。"弗朗西斯有些愤愤地说，因为杰瑞斯刚才只是大声读出了文件的标题。

"那是肯定的，"杰瑞斯说，"但是这幅图代表的东西又是什么呢？"

"很明显，就是 6–B 单元的晶体管控制系统。"

杰瑞斯嘲弄地笑起来。

弗朗西斯修士的脸涨得通红。"据我猜想，"他说，"它代表的是一个抽象的概念，而不是一件具体的实物。这显然不是某种物体可以识别的图像，除非这种物体的外形根本不是写实的，必须经过特殊的训练才能识别得出来。在我看来，晶体管控制系统就是某种具有先验价值的高度抽象理论。"

"是关于哪个学术领域的呢？"杰瑞斯问道，脸上依旧挂着扬扬得意的笑容。

"唔……"弗朗西斯修士顿了顿，"既然我们的真福者莱博维茨在宣誓和领受神职之前是名电子学家，那么我想，这个概念应当适用于被称为电子学的那种已经消亡的艺术。"

"书上是这么写的。可是那门艺术的主旨又是什么呢，修士？"

"这个书上不也写了吗？电子学的主旨就是电子，在某部断简残篇当中，将其定义为'对虚无的否定扭曲'。"

“你的机敏给我留下了深刻的印象，”杰瑞斯说，“现在，说不定你可以告诉我，如何否定虚无呀？”

弗朗西斯修士略微涨红了脸，局促不安地思索着该如何作答。

“我估计，对虚无的否定应该会产生某种实在，”杰瑞斯继续说，“所以，电子就肯定是对某种实在的扭曲。除非否定针对的是‘扭曲’，那样的话，我们就是在进行‘虚无的非扭曲’，嗯？”他哧哧地笑起来，“这些古人得有多聪明啊。我看，弗朗西斯，你要是坚持研究下去的话，你就会学到如何‘对虚无进行非扭曲’，然后我们当中就会有一个电子了。我们把它搁在哪儿呢？或许该供在高高的圣坛上？”

“我说不好，”弗朗西斯生硬地回答，“但我抱着一种信念，即电子必定曾经一度存在过，即便我说不清它是如何构建的，或者它有怎样的用途。”

那位破坏偶像的反传统人士嘲弄地笑起来，又回去工作了。这件事让弗朗西斯感到难过，但并没有终止他对自己这个项目的潜心钻研。

图书馆里关于亚尔伯修会创始人那门失传艺术的信息少得可怜，等到把那点信息榨干以后，他就开始为打算绘在羊皮上的图案起草初步草图。由于这张图本身所代表的含义模糊不清，所以将对其进行精确的重绘，要临摹得与蓝图中一模一样，用炭黑色的线条绘出。不过，他并没有采用古人那种朴实无华的大写印刷体，而是把文字和数字改为更富装饰性、更色彩缤纷的字体。原先在一个标有“规格说明”的方框内所写的文字，他会以一种赏心悦目的方式，将其分散到文件四周的边沿，写在由鸽子和小天使撑起的蔓叶和盾牌上。他会将几何形花饰图案想象成框架，用绿色藤蔓、金色果实、鸟类来作为装饰，或许还要再添上一条诡计多端的蛇，好让图中的黑色线条显得不这么刻板、朴素。页面顶部的图案象征着三位一体的上帝，底部则是代表亚尔伯修会的盾形纹章。如此一来，真福者莱博维茨的晶体管控制系统就会变得更美观，无论是在外观上还是思想内涵上都显得赏心悦目。

等他完成草图以后，他羞赧地拿去给霍纳修士看，征求他的意见或认可。“我明白了，”老人有点懊悔地说，“你的计划所需的时间不像我所希望的那么短。但是……不管怎样，你还是继续干下去吧。设计得很美，真的很美。”

“谢谢您，修士。”

老人凑近了他，诡秘地眨眨眼：“我听说，真福者莱博维茨被追封为圣徒的进程加快了，所以我们亲爱的院长可能不像以前那样为之前那事儿烦恼了。”

当然了，听到追封速度加快的消息，本修会中的所有修士都很欣喜。莱博维茨的宣福礼早就行过了，但将他追封为圣徒的最后一个步骤尽管正在审理中，却可能还需再过多年才能完成；事实上，魔鬼代言人[1]可能会挖出一些证据来彻底阻止他封圣。

从最初构思这个项目的时候开始算起，又过了好些月份，弗朗西斯修士才开始在羊皮上进行实际绘制。错综复杂的蔓叶花样、精细到令人难以忍受的金箔镶嵌、发丝般精致的细节，致使这项工作需要耗费数年的辛劳才能完成；当他的眼睛开始难受的时候，有好几个星期，他根本不敢动手去碰它，生怕因为一个小小的差错而让其毁于一旦。但经过艰苦的努力，慢慢地，这张古代图表变得光彩夺目。修道院的弟兄们纷纷聚在一起欣赏，对着这张图窃窃私语，有些人甚至还说，这幅图的灵感本身便足以证明，他确实曾经邂逅过那位可能就是真福者莱博维茨本人的朝圣者。

然而，杰瑞斯修士却如是评论：“我不明白，你为什么不把你的

1. 封圣过程中，魔鬼代言人的职责是对封圣候选人的资格进行质疑，以确保封圣的严谨性。

时间花在有实际用处的项目上。”这位持怀疑态度的修士一直在利用闲暇时间为礼拜堂里的油灯制作和装饰羊皮灯罩。

年迈的主誊抄师霍纳修士病倒了。未过几周，这位深受爱戴的修士已是奄奄一息。在修道院众人的悲痛中，院长悄然任命杰瑞斯修士为誊抄室主管。

降临节一大早，人们在吟唱声中举行了大葬，那位圣洁老人的遗体被安葬到他的故土。第二天，杰瑞斯修士便告知弗朗西斯修士，他觉得现在是时候把小孩子的把戏收起来开始干大人的工作了。弗朗西斯顺从地把他珍贵的作品用羊皮纸包起来，用厚木板遮好，搁到架子上，开始制作羊皮灯罩。他没有半点怨言，他意识到，总有一天，杰瑞斯修士的灵魂也会步霍纳修士的后尘而去，开始全新的生活，誊抄室只不过是其中的一个阶段而已，这个想法令他心安。到那以后，上帝保佑，他也许就会获准把他心爱的文件画完。

然而，上帝介入这件事的时间比那要早。次年夏天，一位蒙席大人带着几名书记员，乘着驴车来到了修道院，宣布他来自新梵蒂冈，乃是作为莱博维茨在圣徒追封程序中的代言人，前来调查修道院所能出示的证据，这样的证据或许会对追封产生影响，其中包括所谓的在一位犹他州的弗朗西斯·杰拉德面前离奇出现的真福者本人。

这位先生受到了热烈的欢迎，下榻在专为来访的高级教士准备的套间里，由六名年轻的修士无微不至地服侍，以满足他各种一时兴起的念头——这样的念头他几乎没有。尽管贵客坚持让修道院里的众人一切照旧，但他们还是开了上好的酒，猎人捕来了最肥的鹌鹑和丛林鸡，每天晚上都有小提琴手和一班小丑为这位代言人提供消遣。

到了贵客来访的第三天，修道院院长派人召来了弗朗西斯修士。“迪·西莫内蒙席大人想见见你，”他说，“小子，如果你又异想天开的话，我们就把你的肠子绷在小提琴上当琴弦，拿你的尸体去喂狼，把你的骨骸埋在渎神之地。现在快走，去见见这位好先生吧。”

弗朗西斯修士并不需要这样的警告。自从他结束了沙漠中的第一次大斋期，从发着高烧的胡言乱语中醒来以后，除了有人问及与朝圣者的邂逅，他再也没有提起过这件事，也不允许自己进一步揣测朝圣者的身份。一想到这位朝圣者可能会引起教会的高度关注，他就有点害怕。敲响蒙席大人的房门时，他的敲门声也是怯生生的。

事实证明，他的恐惧毫无道理。蒙席大人是一位温文尔雅、善于交际的长者，对小修士的经历似乎颇感兴趣。

寒暄了几分钟后，他说道：“现在谈谈你与我们这位真福创始人的相遇吧。”

“哦，可我从来没说过他就是我们的真福者莱博——”

“你当然没说过，我的孩子。这是我从其他地方收集到的一份关于此事的叙述材料，我希望你能读一读，要么确认一下，要么做出更正。”他停下来，从箱子里抽出一卷东西，递给弗朗西斯，“当然了，这个版本的消息来源只是道听途说罢了，”他补充说，“只有你能给出第一手的描述，所以我希望你能对其进行极为严谨的修改。”

“当然可以。发生的事情真的非常简单，大人。”

但是，从他手中这卷材料的厚度来看，道听途说的叙述显然没那么简单。弗朗西斯修士越往下读，心里就越是害怕，没过多久，他彻底变得惊恐万分。

“我的孩子，你的脸色很苍白。是有什么地方错了吗？”那位尊贵的教士问道。

“这……这……根本不是这样！”弗朗西斯喘着气道，“他根本没跟我说上几句话。我只见过他一次。他只是问我去修道院的路该怎么走，然后敲了敲块石头，我在那石头下面发现了圣物。”

“没有犹如天籁的唱诗声吗？”

“哦，没有！”

“那圈光轮，还有他走过的那条路上沿路长出的玫瑰花毯，都不是真事吗？”

“上帝为我做证，根本没发生过这样的事！”

“啊，好吧，”代言人叹了口气，“旅行者的故事总是夸大其词的。”

他似乎很难过，弗朗西斯急忙道歉，但代言人认为这对此事来说无关紧要。“还有其他神迹，都被仔细记录下来了，”他解释道，“不管怎样——关于你发现的这些文件，有一个好消息。我们已经获知了他妻子的名字，她在我们的创始人入教之前就去世了。”

“是吗？”

“是的，她叫艾米丽。”

尽管弗朗西斯修士对朝圣者的描述令他感到失望，但迪·西莫内蒙席大人还是在弗朗西斯发现文物的地方待了五天。修道院一群热心的见习修士陪同他前往，人人都拿着锄头和铁锹。经过大范围的挖掘，这位代言人带着一小批其他杂七杂八的人工制品回来了，还有一个膨胀的锡罐，里面装着一团干瘪的东西，可能曾经是德国泡菜。

临行前，教士去了一趟誊抄室，要求看一看弗朗西斯修士为那张著名的蓝图绘制的摹本。修士一边说这完全算不上什么，一边急切地把摹本捧出来，连双手都在颤抖。

“哎哟喂！”蒙席大人说，或是发出了类似这样的声音，“画完哪，伙计，画完哪！”修士笑眯眯地看了看杰瑞斯修士。杰瑞斯修士迅速转过身去，后颈渐渐变得通红。第二天早上，弗朗西斯又拿起了金箔、羽毛笔、刷子和染料，重新开始辛勤绘制那幅蓝图装饰华丽的摹本。

然后又有一队驴车自新梵蒂冈而来，带了齐整的书记员和武装护卫随行，以抵御路上的强盗。这一回队伍里领头的是位长着犄角和尖牙的（或者说几名见习修士事后是这样证实的）蒙席大人，自称是魔鬼代言人，反对莱博维茨封圣，他到此是进行调查——并且还暗示，或许还要弄清楚始作俑者究竟是谁——因为有好些难以置信、得了癔症般捕风捉影的谣言从修道院传出来，甚至传到了新梵蒂冈的高层耳中。他明确表示，他绝不会容忍空想出来的无稽之谈。

院长彬彬有礼地迎接了他，道歉说客房最近发生天花病菌感染，然后在一个朝南的单间里给他提供了一张简易铁床。这位蒙席大人由他自己的随员侍奉，在修道院的餐厅里和修士们一起喝稀饭、吃草药。

"我知道，你很容易晕厥，"当那一可怕的时刻来临时，他对弗朗西斯修士说，"你家里有多少人患有癫痫或精神错乱？"

"一个也没有，阁下。"

"我不是什么'阁下'，"教士厉声说，"现在，我们要从你嘴里把真相刨出来。"他的语气表示，他认为这只不过是一次简单直接的外科手术，在几年前就该进行了。

"你知道文件可以进行人为老化吗？"他问。

弗朗西斯对此一无所知。

"你知道莱博维茨的妻子名叫艾米丽吗？你知道艾玛并不是艾米丽的昵称吗？"

这个弗朗西斯也不知道，但他想起来，在他小时候，自己的父母对彼此的称呼相当随意："如果真福者莱博维茨乐意叫她艾玛的话，那我肯定……"

蒙席大发雷霆，用语义学上的尖牙利齿对着弗朗西斯狂撕乱咬，令这名困惑的修士自己都怀疑之前是不是真的见过那位朝圣者了。

在这位代言人离开之前，他也要求看一看那份蓝图华丽的摹本，这一次奉上抄本的时候，修士的手仍然颤抖着，不过是出于恐惧，因为他怕自己可能会再次被迫退出这个项目。然而，蒙席只是站在那里，凝视着摹本，略微咽了口唾沫，勉强点点头："你的想象很生动，"他承认，"不过当然了，这一点我们大家都知道，对吧？"

蒙席的犄角似乎立刻缩短了一寸，当天晚上，他便回新梵蒂冈去了。

岁月如梭，让曾经青春的面孔平添了沟壑，让两鬓染上了风霜。修道院永无休止的劳作日复一日，如涓涓细流般，为外面的世界提供着誊抄和再次转誊的手稿。杰瑞斯修士生出了制造印刷机的雄心壮志，但当院长要他说明原因时，他却只答得出："这样我们就可以批量生产了。"

"哦？在一个以目不识丁为荣的世界里，你打算用那种玩意儿做什么？当成引火用的纸卖给农民吗？"

杰瑞斯修士不快地耸了耸肩，于是誊抄室里继续使用墨水壶和羽毛笔。

然后，有一年春天，在大斋期开始之前不久，一位信使为修会带来了可喜的消息。莱博维茨封圣一事已经办成。枢机团即将召开会议，而亚尔伯修会的创始人即将被列入圣徒历。在宣布这一消息之后的欢庆时刻，修道院院长——如今他已衰朽老迈——召来了弗朗西斯修士，气喘吁吁地说：

"奉教皇大人之命，艾萨克·爱德华·莱博维茨的封圣典礼需要你到场。准备动身吧。

"这回不要再在我面前晕倒了。"他抱怨地又加了一句。

去新梵蒂冈至少得走上三个月，或者更久，具体时间取决于弗朗西斯修士在毛驴被不可避免会碰到的强盗抢走之前能走出多远，因为他会手无寸铁地独自一人上路。他随身仅仅带了一只乞食用的碗，还有莱博维茨那份蓝图的华丽摹本，祈祷着无知的强盗们会认为摹本没什么用。不过为防万一，他在右眼上蒙了只黑色眼罩，因为农民是一帮迷信的人，只要有一点恶魔之眼的蛛丝马迹，他们往往就会被吓跑。他带上这样的武器和装备，动身响应教宗的召唤去了。

走了两个多月，他在一条山间小道上遇到了强盗，这里草木繁茂，又地处偏僻。他遇见的这个强盗身材矮小，却壮如牛，圆不溜秋的脑袋油光光的，下颌跟花岗岩差不多。他站在小路上，双腿分得很开，粗壮的胳膊交叉在胸前，看着那个小小的身影骑着毛驴走近。强盗似乎只有一个人，只带了一把刀，他根本懒得把刀从腰带上解下来。看清他的模样以后，弗朗西斯有些失望，因为他一直暗自希望能再次遇见很久以前碰到过的那位朝圣者。

“下来！”强盗说。

毛驴在小路上停下。弗朗西斯修士把蒙住脑袋的斗篷向后一甩，露出了眼罩，举起颤抖的手指来摸了摸。他开始慢慢地掀起眼罩，仿佛是要露出藏在底下的某种可怕的东西。强盗把脑袋向后一仰，放声大笑，这笑声简直像是从撒旦本尊的喉咙里冒出来的。弗朗西斯喃喃地念了一道驱魔咒，但强盗似乎不为所动。“好几年前，你们这些穿着黑口袋的笨蛋就戴着这玩意儿出来了。”他说，“下来！”

弗朗西斯笑了笑，耸耸肩，乖乖地下了毛驴。

“日安，先生。”他和蔼地说，“你可以牵走这头驴。我想，走路会增进我的健康。”他又是一笑，转身要走。

“等一下，”强盗说，“把衣服都脱了，咱们看看包袱里头都有啥。”

弗朗西斯修士摸了摸乞食用的碗，做了个无奈的手势，但这个动作只招来了强盗又一阵轻蔑的笑声。

“我以前也见过这种要钱罐罐的把戏。”他说，“上一个带着讨饭碗的人在靴子里藏了半赫克罗的金子。现在赶紧脱。”

弗朗西斯修士亮了亮脚上的凉鞋，但还是脱起了衣服。强盗搜遍了他的衣服，什么也没找到，然后把衣服扔回给他。

“现在咱看看包袱里头。”

“里头只有一份文件，先生，”修士抗议道，“除了所有者，对谁都没价值。”

“打开。”

弗朗西斯修士默不作声地照办了。在透过树荫照进来的阳光下，金叶和五彩斑斓的图案熠熠生辉。强盗张大了嘴，宽阔的下巴往下掉了得有一英寸。他轻轻地吹了声口哨。

“真漂亮！难道我婆娘不愿意把它挂在墙上吗？”

他继续盯着文件瞅，而修士心中慢慢变得难受起来。*噢，主啊，您若差遣他来试验我，他在心里祈求道，那就求您助我死得像个人样吧，因为他若非要不可，便只能从您仆人的尸首手中夺走。*

“给我包起来。”强盗下令，他突然下定了决心，闭起了嘴巴。

修士轻声啜泣道：“求你了，先生，你不会抢走一个人耗费毕生心血才完成的工作吧。我花了十五年的时间来装饰这份手稿，而且……”

“好啊！你是自个儿画的，对吧？”强盗把头往后一仰，又狂笑起来。

弗朗西斯面红耳赤地说：“我看不出有哪儿好笑，先生……”

强盗一边狂笑，一边指着那份文件：“你！花了十五年的时间，搞了这么个没用的纸玩意儿。你就干这事儿。告诉我，这是为啥呀。给我个不错的理由。十五年了，哈！”

弗朗西斯目瞪口呆地望着他，没有作声，也想不出任何回答来消除他的轻蔑。

修士小心翼翼地把文件递了过去。强盗双手抓过来，作势要把它从中间撕成两半。

“耶稣，玛丽，约瑟夫啊！”修士尖叫着，跪倒在小路上，“看在上帝的分上，先生！”

强盗的态度稍稍和缓了一点，把文件扔到地上，窃笑了一声：“那咱们就为了它摔摔跤。”

“怎么着都行，先生，你要怎么着都行！”

他们摆好了架势。修士在胸前画了个十字，回想起来，摔跤曾是一项为教会所认可的运动——抱着坚定的信念，他大步迈向了战场。

三秒钟之后，他呻吟着，仰面躺在地上，被压在一座矮小的肉山下，一块锋利的石头好像快把他的脊梁骨给割断了。

“嘿嘿。”强盗说着站起来，准备去拿他的文件。

弗朗西斯修士像在祷告一样双手合十，跟在他背后膝行而前，声嘶力竭地乞求着。

强盗转过身来：“我相信，为了把它拿回去，你会不惜吻我的靴子的。”

弗朗西斯赶上了他，热诚地吻了吻他的靴子。

就算是强盗这么个铁石心肠的家伙也受不了了。他咒骂了一声，把手稿重新撂到地上，爬上了修士的驴背。修士一把抄起那份珍贵的文件，小跑着跟在强盗旁边，一再地感谢他，一边反复地祝福他，而强盗则骑着驴离开了。弗朗西斯对着那个离去的身影热情洋溢地画了个祝福的十字，一面感谢上帝，世上竟有这样无私的强盗。

只不过，当那人消失在树林中时，他心中泛起了一阵悲哀的余波。花了十五年的时间，搞了个没用的纸玩意儿……那嘲弄的声音仍然在他耳边回响。为什么呢？说个不错的理由，为什么花了十五年？

他不习惯外面的世界直来直去的方式，不习惯这里恶劣的习惯和简单粗暴的态度。他发现自己的心被这些嘲弄的话深深地扰乱了，他步履沉重地往前走，脑袋在斗篷底下耷拉着。他一度想过要把文件扔到灌木丛里去，任凭雨打——但胡安神父已经批准了他把文件当作礼物，他总不能空着手去吧。他抑制住这样的冲动，继续往前走。

那一刻终于来临了。在宏伟的大教堂里，这场仪式犹如一场壮丽的奇观，声音、庄严的动作和鲜艳的色彩交织在一起，洪流般在他周围涌动着。当绝对正确的圣灵终于被唤醒时，一位蒙席——弗朗西斯注意到，那正是迪·西莫内，这位圣徒的代言人——站了起来，并请圣彼得通过利奥二十二世[1]之身发言，命全体会众倾听。

于是，教皇语调平稳地宣称艾萨克·爱德华·莱博维茨为圣徒，仪式到此结束。这位默默无闻的古代技术员从此跻身于天国的圣人之列，当唱诗班高唱起“赞美颂”时，弗朗西斯修士向他的新恩主虔诚地祈祷。

教皇快步走进小修士等候着的会客室，令弗朗西斯修士大吃一惊，一时之间说不出话来。他飞快地跪下，亲吻了教皇的图章戒指，领受了祝福。站起来的时候，他紧紧攥着那份华美的文件，把它藏在背后，仿佛感到羞愧似的。教皇察觉到了他这个动作，笑了起来。

“孩子，你给我们带来了一件礼物吗？”他问道。

修士有些哽咽，傻乎乎地点点头，把文件拿了出来。这位基督的代表盯着文件看了良久，没有露出明显的表情。随着时间一分一秒地流逝，弗朗西斯修士的心也不断地往下沉。

“这算不得什么，”他不假思索地脱口道，“只是一份微不足道的

1. 历代有十三位天主教教皇名为“利奥”，二十二世应为作者杜撰的未来教皇称号。

礼物。我感到很羞愧，浪费了这么多时间在这……”他哽住了，说不出话来。

教皇似乎没有听见他的话。“你理解圣艾萨克符号学的意义吗？”他问道，一面好奇地盯着电路的抽象图案。

修士默然摇摇头。

“无论它到底是什么意思……”教皇起了个头，但又打住了。他微笑着说起了别的事情。弗朗西斯之所以受到如此礼遇，并非因为人们对他所说的朝圣者做出了任何官方定论；乃是因为他在发现如此重要的文件和圣徒遗物的过程中发挥的作用，因为无论当初是如何发现的，人们都将这些发现认定为重要的文件和圣徒遗物。

弗朗西斯结结巴巴地表示了感谢。教皇再次凝视着他那五彩斑斓的华美图稿。“不管这是什么意思，”他又吸了口气，“这点学问尽管已经消亡，却仍会再次复活。”他抬起头，朝修士微笑着眨了眨眼，“而我们会守护着它，直到那一天来临。”

小修士这才头一回注意到教皇的长袍上有个洞。事实上，他的衣物已经破旧不堪了。会客室里的地毯有些地方已经磨穿了，天花板上的石膏也在剥落。

但沿墙放置的书架上摆着书。书中有美丽的图画，讲述了无法理解的事情，誊抄者的工作不是去理解，而是去挽救。而书籍仍在等待着。

“再见了，亲爱的孩子。”

这位知识之火的小小守护者步履艰难地跋涉着，要走回修道院去。当他走近那个强盗出没的偏远地区时，他的心在歌唱。如果强盗这天碰巧在休息的话，修士打算坐下来，等他回来。这一次，他有了答案。

（罗妍莉　译）

科幻小说如磁石

直至近年，科幻小说始终吸引着众多才华横溢的作家投身创作，而能从中获得充分收益的作家数量却相对较少。在 20 世纪 50 年代尤其如此，当时科幻小说经历了罗伯特·谢克里所称的“虚假繁荣”，蓬勃发展的杂志和图书市场似乎可以养活一大批全职作家，但这样的兴盛只是幻象，最终坚持下来的作家屈指可数。

其中一位成就卓然的作家便是阿尔吉斯·布德里斯——尽管他几乎一直都另有其他工作在身。他是立陶宛人，出生于东普鲁士的格尼斯堡，父亲是当地的一名外交官。6 岁时，他随家人来到美国。他父亲在纽约市担任立陶宛总领事多年。

布德里斯曾就读于迈阿密大学和哥伦比亚大学，曾在美国运通公司任调查专员。1952 年，他将处女作《崇高目标》（“The High Purpose”）卖给了《惊异》杂志；同年进入一家先驱性的科幻图书出版公司诺姆出版社任助理编辑；次年成为《银河》杂志的助理编辑。1953 年至 1961 年间，他曾在多家出版社担任助理编辑、撰稿人及艺术指导；1963 年至 1965 年，他担任摄政图书公司主编，并任花花公子出版社的编辑部主任，1966 年后则改任广告及公共关系客户主管。1973 年，他再次短暂就任编辑。此后，他便始终是自由撰稿人兼传播顾问。他为“未来作家大赛”担任了多年协调评委（这个职位是由他恢复的），并于 20 世纪 90 年代担纲自营科幻杂志《明日》（*Tomorrow*）出版人兼编辑，该杂志在被撤之前印刷过一期，也出版过一次电子版。他还曾在 1997 年洛内斯塔世界科幻大会（World Science Fiction Convention）上担任荣誉贵宾。

布德里斯的首部小说为《幻夜》（*False Night*，1954），后来的修订版名为《不死之人》（*Some Will Not Die*，1961）。他的第二部小说《谁?》（*Who?*，1958）引起了相当大的关注，后被改编成电影。《坠落的火炬》（*The Falling Torch*，1959）以他父亲所在的外交使团为创作背景。《淘气的月亮》（*Rogue Moon*，1960）或许是他最出色的一部作品，将爱情、死亡和回忆的主题与解开在月球上发现的致命外星迷宫之谜的科幻问题融汇为一体。数年之后，布德里斯又重新开始写作科幻小说，著有《铁刺》（*The Iron Thorn*，1967）、广受欢迎的《米迦勒节》（*Michaelmas*，1977）、《刻耳柏洛斯》（*Cerberus*，1989）和《硬着陆》（*Hard Landing*，1993）。他的短篇小说被收录在《意想不到的维度》（*The Unexpected Dimension*，1960）、《布德里斯的地狱》（*Budrys' Inferno*，1963）和《血与火》（*Blood and Burning*，1978）等书中。

在此间隙，布德里斯不仅编辑书籍，也在传播领域以自由职业者的身份奠定了自身地位，并且成为一名评论家，他从 1965 年开始在《银河》杂志上定期发表专栏评论文章，其后又在《奇幻与科幻杂志》上发表专栏文章，并为《华盛顿邮报》、《芝加哥太阳报》及其他媒体撰写评论。十余年来，他一直是该领域最出色的评论家，定期有评论文章问世。他发表在《银河》杂志上的系列专栏文章还被结集重新出版为《基准：银河书架》(*Benchmarks: Galaxy Bookshelf*，1985)。他还出版了一本小册子，讲述《科幻及奇幻小说写作》(*Writing Science Fiction and Fantasy*，1990)。

20世纪六七十年代，他之所以没有持续稳定地创作科幻小说，或许并非出于经济因素，而是由于这样的天赋在别处得到的回报往往更为丰厚——总共就只有那么多稿酬和那么些奖项。科幻小说作家赖以成功的想象力和写作技巧在其他领域也同样颇有市场，而且其中众多职业也自有其令人满足之处。

《无人扰格斯》(“Nobody Bothers Gus”)是布德里斯创作生涯早期的作品。布德里斯是位多产的短篇小说作家，曾使用过众多笔名(戴维·C.霍奇金斯、伊万·詹维尔、保罗·詹维尔、罗伯特·马纳、阿尔杰·罗姆、威廉·斯卡夫、约翰·A.森特里及艾伯特·斯特劳德)。《无人扰格斯》刊载于1955年11月那一期的《惊异》，署名为保罗·詹维尔。随后他还发表了两个续篇：1957年7月刊登于《历险科幻小说》(*Venture Science Fiction*)上的《然后她找到了他》(“And Then She Found Him”)和1957年1月刊登于《短篇科幻小说》(*Science Fiction Stories*)上的《失恋记》(“Lost Love”)。

《无人扰格斯》的吸引力很难确切地说明。其实什么也没发生。小说部分篇幅写的是格斯对过往的回忆，还有一部分则借格斯的访客带来的信函产生的些许悬念展开。然而，小说中却蕴含着一种基本的张力，这种张力并非来自实际发生之事，而是来自可能发生之事。这种张力必然是来自格斯这一人物形象的——很大程度上是源于这一事实：他是个神通广大的人，甚至颇具威胁。小说中所有的人物描绘都展现出严控之下的超能力，但格斯的某些能力是无法控制的，故事似乎频频处于即将朝着恶劣的方向发展的边缘。

小说隐含的科幻主旨是超人及其出现时所用的伪装，这一点又结合了当时约翰·W. 坎贝尔强调的对特异功能的探索。布德里斯的独特贡献在于提出了这样的理念：超人除了具备天赋的优势之外，还可能会形成一种天然的保护性特质，就像兔子机警、瞪羚跑得快一样；但每种保护性特质又都有其缺陷。让这篇小说经久不衰的——实际上小说已频频再版——乃是格斯对于自身优势及其同类与生俱来的保护性特质所做的反应。作者强调了格斯非人类的一面，但他做出的反应又不只是一般意义上的合乎人性；他为了避免采用暴力来解决问题，不惜努力做出坚决的自我牺牲，就这一点而言，他的反应或许还超越了人性。

令本作品具备可读性的，是布德里斯所打造的细节和文风：格斯和作者对打理草坪所倾注的关怀与呵护；对格斯这一人物的塑造及其早期经历的描述；以及布德里斯对于格斯那种身为异类的孤独感令人信服的描绘，这些令读者觉得，作者本人对这种感受也深有体会。最后文末那种孤独和英雄无用武之地的感觉将暴力威胁转变成了令人满意的恰当结局。

（罗妍莉　译）

无人扰格斯

［美国］阿尔吉斯·布德里斯

两年前，格斯·库塞维奇驾着车，正沿着狭窄的乡间小道慢慢驶向布恩斯博罗。这是个适合驾车缓行的乡野好去处，尤其是在暮春时节。路上杳无人迹，树林正在蓬勃生长，一片郁郁葱葱的碧绿，又还尚未被炎夏晒得焦枯，午后依然凉爽而清新。就在他即将到达布恩斯博罗镇的边界时，他看到了那幢饱经风霜的村舍，上了锁，矗立在四分之一英亩土地上，正在出售。

他缓缓停下车，在座位上歪过身子，看着那村舍。

屋子需要刷漆了；白色壁板已经变得灰扑扑的，镶边也褪了色。屋顶上随处可见缺失的盖板留下的空隙，在一排排被阳光晒得发白的雪松板上投下片片方正的暗影，有些窗玻璃免不了已经裂了，但窗框并没有耷拉变形，屋顶也没有塌陷，烟囱笔直地竖在那里。

他看着一丛丛散乱的植物和一列列规整的干草——这就是灌木丛和草坪仅剩的残迹了——那张其貌不扬的阔脸盘上沧桑的沟壑间露出一丝平和的微笑。他有些手痒，想摸一摸铲子了。

他下了车，穿过马路，走到村舍门前，从钉在门框上的那张名片上抄下了房产经纪人的名字。如今一晃已经差不多两年过去了，时值4月初，格斯正在给他的草坪施肥。

当天一早，他在屋后的表层土堆旁架起了筛子，铲土过筛，与捣碎的泥炭苔混到一起，然后用车推到草坪上，堆成若干小堆。现在，他正小心翼翼地把那混合物往嫩草上耙，覆盖上薄薄的一层，只盖住草根，让叶子露出来。他打算在巨人队对科迪亚克队那两场联赛的下半场开播之前干完这活。他之所以特别想看这场比赛，是因为哈尔西是科迪亚克队的投手，而他对哈尔西怀着种长辈般的关注。

他干活时没有多余的动作，也没有多消耗一分精力。有一两次，他停下来，在前门附近搭起的玫瑰花架的花荫下喝了些啤酒。不过阳光炽烈；午后不久他便脱掉了衬衫。

就在他快要弄完的时候，一辆破旧的廉价小汽车在房前停了下来，停车时，车上的转子好一阵折腾。一个瘦高得有些难看的男人钻了出来，他身穿破旧的哔叽西服，稀疏的头发贴在紧绷的头皮上，不太有把握地瞅着格斯。

那辆车悄无声息地沿路驶来时，格斯抬头飞快地瞥了一眼。车门褪色的油漆上有“法尔茅斯县书记官办公室”字样，模糊不清，他勉强辨认了出来，耸耸肩，又继续干他的活。

格斯身材魁梧，肩膀又厚又宽，厚实的胸膛上覆盖着浓密的铁灰色胸毛，其间已见斑白。随着岁月的流逝，他的肚子略见发福，但那层肥肉下面的肌肉还在。他的上臂比许多人的大腿还粗，前臂也粗壮无比。

他脸上沟壑纵横，两道深深的纹路从鼻子两侧的弯曲处延伸开来，勾勒出他扁平的面颊，这两条纹路与阔嘴唇周围的道道褶皱会合到一起，伸向不算尖的下颌。他高高的颧骨上也布满了皱纹，蓝灰色的眼睛在颧骨上方闪闪发光，修得极短的头发一片雪白。

只有经过反复而令人不悦的暴晒，他身上的皮肤才会变成古铜色；但他的脸却晒黑了，始终保持着这个颜色。他身上晒得泛红的皮肉上有几处嵌着泛白的伤疤，裤腰上面露出一道细细的刀痕，一直延伸到右腹部，越来越细，最后消失不见。还有一些明显的伤疤分散在他粗大的手指凹凸不平的指关节周围。

那书记员看了看信箱，对照着手里的信封，确认上面的姓名。他停下来，再次瞅了瞅格斯，莫名其妙地显出紧张之色。

格斯恍然大悟，很可能是自己这副容貌并不令人放心。他又筛又耙地折腾了半天，空气里的好些灰土跟汗水混到一起，弄得他脸上、胸口、胳膊和后背上到处都是。格斯知道，自己即便是拾掇得最整洁、穿上最考究的衣服的时候，也不会显得有多温文尔雅；眼下他怎么又能责怪这书记员大惊小怪呢。

他挤出一个笑容，好让来人消除心中疑虑。

书记员舔舔嘴唇，轻咳一声，清了清嗓子，头朝着信箱一摆："没写错吧？您就是库塞维奇先生？"

格斯点点头："没错。有什么能为您效劳的吗？"

书记员举起信封，咕哝道："这里有份县议会的通知。"但他的心神显然更多地集中于努力将格斯与眼前的景物画上等号：玫瑰花架，精心打理过的整齐花坛，树篱，石板路，柳树下的小金鱼池，带有窗栏花箱和明亮的百叶窗并粉刷成白色的屋子，还有闪闪发亮的窗户里露出的窗帘。

格斯等着那人转完这些显而易见的念头，但他内心深处有什么轻轻叹息了一声。他曾经与其他许多人一起经历过这种困惑时刻，所以对此早就相当习以为常了，但这并不等于他毫不在意。

"好了，进来吧。"等待了一段适当的时间后，他说，"外面挺热的，我冰箱里有些啤酒。"

书记员又踌躇起来："好吧，我只不过是来送这份通知的。"他一边说，一边还在四下打量，“这地方收拾得可真漂亮，对吧？”

格斯微笑起来：“这是我家。人都喜欢住在漂亮的地方。赶时间吗？”

格斯的话里不知什么地方似乎让书记员觉得困惑，然后他突然抬起头来，显然才刚意识到这是个直接疑问句：“嗯？”

“你不急着走吧？那就进来喝点儿啤酒呗。在春天里的下午，没人希望还得到处忙个不停。”

书记员不自在地露齿一笑：“不……不会啊，我觉着不会。”他的神色欣喜起来，“好吧！我进来喝点儿，你可别介意。”

格斯高兴地咧嘴笑着，把他领进屋。自从他把这房子拾掇好以后，还没人进来看过呢；这个书记员是他搬进来以后的第一位客人。就连送货员都没来过；布恩斯博罗太小了，只能自己开车去购物，当然了，也没有邮递服务——格斯从未收到过任何邮件。

他把书记员引进客厅：“请坐，我马上就来。”他快步走出客厅，来到厨房，从冰箱里拿出几瓶啤酒，在一个托盘里放上玻璃杯、一盘薯片和椒盐卷饼，还有啤酒，然后端着走出来。

书记员站在那里，正环顾着客厅的两面墙上满满当当的藏书。

格斯看到他脸上的表情，心中真切地感到遗憾，他意识到，这个人不是那种会怀疑的人，不会怀疑像库塞维奇这么个一看就是笨蛋的家伙到底翻没翻过这些玩意儿。像那样的人一旦消除了最初的误解，尚且还可以一聊。不，这个书记员显然只是觉得不解，一个成年人居然会摆弄书，尤其是像格斯这么个人；要是那些个瞎折腾大学政治的娃娃，倒又另当别论，但一个成年人却不该如此。

格斯看出，对书记员有所期待是个错误，无论自己是否渴望有人陪伴，他本该更有识人之明才对。他一直都盼着有人陪陪自己，这下他总该一劳永逸地看清楚了：他根本就找不到这样的人。

他把托盘放在桌上，飞快地打开一瓶啤酒，递给那人。

“谢谢。”书记员咕哝道。他咽了一口，大声叹了口气，用手背擦擦嘴，再次环视了一下房间，“把这些都装好花了你不少钱吧？”

格斯耸了耸肩：“大部分都是我自己弄的。搭书架、做家具，诸如此类的活儿。有些画我只好去买，书和唱片也是。”

书记员嘟囔了一声，似乎相当不自在，也许是因为他带来的那份通知吧，不管具体内容如何。格斯发现自己在琢磨那通知里究竟说的是什么，但既然他犯了个错误，给了那人一瓶啤酒，那就得礼貌地等他喝完之后再开口问了。

他走到电视机前，问那书记员：“棒球迷吗？”

“当然了！”

“应该正在播巨人队对科迪亚克队的比赛。”他打开电视，拎起个厚垫子，坐在上面，免得把椅子弄脏。书记员信步走过来，站在那里看着屏幕，一面慢吞吞地呷啤酒。

第二场比赛已经开始了，随着电视机慢慢启动，哈尔西熟悉的身影出现在屏幕上。这位身体柔韧的年轻左投手正以他惯用的那种恍若无骨的姿势投球，似乎半点也没用力，但球却从击球手身旁呼啸而过，发出的嘶嘶声自本垒板处的麦克风里清晰地传出。

格斯朝哈尔西点点头：“他是个了不起的投手，对吧？”

书记员耸了耸肩：“应该是吧，不过沃克才是他们队里最厉害的。”

格斯叹了口气，意识到自己又忘形了。书记员对哈尔西自然不会有多留心。

但这人有点让他觉得恼火，因为对于什么合适、什么不合适，谁有资格种玫瑰、谁没资格，他都带有典型的先入之见。

格斯对书记员说：“你能立马说得出哈尔西的纪录是多少吗？去年的？”

书记员耸耸肩："说不上来。还可以吧——我只记得这么多，差不多13:7的样子。"

格斯点头："啊哈，那沃克表现如何？"

"沃克！怎么着，伙计，沃克也就赢了二十五场左右，就这样，还有三场无安打。沃克表现如何？哈！"

格斯摇了摇头："沃克是个很棒的投手，没错，可他没有投出过一场无安打比赛。而且他只赢了十八场。"

书记员蹙起额头，张口想反驳，然后又住了口。他的模样活像个自以为稳赢不输的赌徒刚意识到自己的记忆把自己给耍了。

"我说——我想你是对的！哈！到底咋回事？我怎么会觉得沃克才最厉害呢？你知道吗？我整个冬天都在大谈沃克，可是谁也没说过我说的不对。"书记员挠了挠头，"现在，有人投球开局了！那到底是谁？"他聚精会神地皱起了眉头。

格斯默不作声地看着哈尔西连续第三次让击球手三振出局，脸上缓缓绽出个笑容，堆起了笑纹。哈尔西还年轻，正是干劲十足的时候。他拿出了自觉处于巅峰状态者的全副精力，兴致盎然，全身心地投入到比赛中去。在阳光照耀下的投手丘上，他与从事这项职业的任何一位前辈一样优秀。

格斯想知道，哈尔西要再过多久才会发觉他给自己挖的坑。

因为这根本就不是一场比赛，对哈尔西来说不是。对急转手马修森来说，这是一场比赛；对左撇子格罗夫和眼花手迪安来说，对快摆手费勒和猛投手古尔德来说，这是一场比赛。但对哈尔西来说，这只是单人纸牌游戏中的一种复杂形式罢了，结果永远都是他赢。

很快，哈尔西就会意识到，玩单人纸牌游戏的时候，你没法给自己下绊子。既然每一张牌在哪儿你都清楚，既然你知道除非故意作弊对自己不利，否则你就老是会不由自主地赢下去，那还有什么意思呢？总有一天，哈尔西会发觉，地球上没有哪一种游戏是他赢不了的，无论是经过筹划、被世人正式认可的体育比赛，还是由数十亿人触发、被称为“社会”的这种弹球机。

到时候又该怎么办呢，哈尔西？到时候又该怎么办？如果你弄明白了的话，看在我们之间不管算是哪一种兄弟情谊的分儿上，请你告诉我。

书记员哼唧道：“好吧，我看这没关系，我在家里的记录本上总能查到的。”

是啊，你是可以查到，格斯在心里无声地说，但你不会注意到记录本上都记了些什么，就算注意到了，你也会忘掉，而且永远不会发觉自己已然忘记。

书记员喝完啤酒，把酒瓶放到托盘上，总算又想起自己到这儿来是干什么的了。他再次环视了一下房间，仿佛一想起来这回事就会触发这个动作似的。

“书不少啊。”他评论道。

格斯点点头，看着哈尔西再次走向投手丘。

“呃……这些你都读过？”

格斯摇摇头。

“那个叫米勒的家伙写的那本怎么样？我听说相当不错。”

这么说，这个书记员对于某些特定类型的文学作品的某些特定方面倒具有某种特定的狭隘兴趣。

“我想是吧。”格斯实话实说地回答，“我曾经读过前三页。”读了以后，他就已经知道接下来情节会怎样发展、谁在什么时候会做什么，他也就失去了兴趣。买这批藏书是个错误，这只是十几个类似实验当中的一个。即便他曾经想要精通人类的文学，也大可通过在书店浏览的方式毫不费力地学会，而根本不必买回来，再在家里做这种本质上并无区别的事。他无论怎么做，都不可能指望从中获得任何情感上的共鸣。

尽管如此，还是面对现实吧：就算是一排排没用的书也比光秃秃的墙壁强。文化装饰品差不多算是一种防护，尽管它是种习得性的文化，而非感知到的文化，对他来说并不比印加文化更有意义。不管他再怎么努力，他都永远成不了印加人；就连玛雅人、阿兹特克人，或者随便哪一种近亲族类他也成不了，除非是追根溯源到风马牛不相及的地方去。

但他并没有自己的文明。情况就是如此；然而这种空虚仍然让他觉得难受，他宛如无根之萍，根本找不到一处立足之地可以让他站在其上宣告："这就是我自己的来处。"

哈尔西这一局投了三球，就让第一位击球手三振出局了。然后，他又掷出了一记飘忽的慢球，将其准确地投到下一人恰好能用球棒最合适的部位打到的位置，当球呼啸着飞出场外时，他连头都没抬一下。他总共投了八球，让后面的两人也三振出局了。

格斯缓缓摇了摇头。这是最先出现的迹象，当你已经懒得再费神去不易察觉地给自己设置障碍时。

书记员把那封信递给他，突兀地说："给。"尽管他显然对格斯可能会做出的反应感到忐忑，但在犹豫了半天之后，最终还是下定了决心。

格斯拆开信封，看完了那份通知。然后，就像书记员刚才那样，他也环顾了一下房间。他脸上必定闪过了一丝阴霾，因为书记员的神色越发踌躇起来。

"我……我希望你知道，我对此感到很遗憾，我猜我们大家都是。"

格斯连忙点头："当然，当然。"他站起身，朝前窗外望去，苦笑令他的面容有几分扭曲。他凝望着煞费苦心地翻过、正在慢慢成形的草坪上精心铺就的肥料，去年他犁过土地、清过卵石、播过种、浇过水、铲过土、铺设过花坛……啊，现在再想这些也是徒劳。这整块地、整座房舍以及所有的一切，都得拆除，就这样了。

“他们……他们要把这条路修成一条十二车道的货运高速公路。”书记员解释道。格斯心不在焉地点头。

书记员凑近了些，压低了声音：“听着——有人让我给你带个话，这个没写到纸面上。”他侧过身子，凑得更近了些，说话之前还朝四下里瞄了瞄，然后才放心地把手搁在格斯裸露的小臂上。

“你要什么价都行，”他低声说，“只要别太贪了。这笔钱不是县里出，也不是州里出，你懂我的意思吧。”

格斯懂他的意思。十二车道的高速公路必定是由联邦政府修建的。

他懂的还不止这一点。除非有充分的理由，否则联邦政府不会这么干。

“是霍利斯特和法哈姆之间的公路吗？”他问道。

书记员的脸变得煞白，他低声含糊地说：“我也不清楚。”

格斯淡淡一笑。就让这个书记员去猜他是怎么想到的好了。反正这也不算什么天大的秘密——至少在条件都摆出来、目的变得不言自明之后是这样。而且，这个书记员也琢磨不了多久。

格斯心头忽然涌起一阵彻底由着性子来的冲动，他明白这是源于失去这幢村舍的愤怒，但他没理由不让自己肆意妄为。

“你叫什么名字？”他突然问那个书记员。

“呃……哈利·丹弗斯。”

“好吧，哈利，假如我告诉你，只要我愿意，我就可以不让那条高速公路修起来呢？假如我告诉你，没有哪辆推土机能接近这个地方而不出故障；没有哪把铲子能挖开这片土地；他们要是想用炸药，炸药管也压根儿就炸不了呢？假如我告诉你，就算他们真把那条公路给修成了，只要我愿意，那条路就会变得跟冰淇淋一样软绵绵的，然后像条河一样流走呢？”

“啊？”

“把你的钢笔给我。”

丹弗斯机械地伸出手，把钢笔递给他。格斯把笔放在双掌间，搓成一个球，往地上一扔，当它从柔软厚实的地毯上猛地弹起时又伸手接住，从手指缝里抽出来，笔又变回了圆柱形。他拧下笔帽，用两根手指夹住，把它捻成薄薄一片，在上面潦草地写了几下，又把薄片重新卷回笔帽的样子，用指甲吸出已经与之浑然一体的墨水，在金属表层下永远铭刻下了丹弗斯的名字。然后他又拧好笔帽，把笔还给这位县里的书记员，说道：“就当是纪念品了。”

书记员低头瞧着笔。

“怎么？”格斯问道，“你不好奇我是怎么办到的吗？不想知道我是什么人吗？”

书记员摇了摇头：“要得不赖。我猜，你们这些魔术师肯定得花好些时间来练习吧，嗯？我可没法也把那么多工作时间花在业余爱好上。”

格斯点头道：“这看法不错，合理又实际。”尤其是当我们所有人都下意识地开辟出一方抑制好奇心发展的阻尼场时，他心想。你还能有什么看法呢？

他的目光越过书记员的肩膀，望向草坪，一侧的嘴角悲伤地扯了扯。

只有上帝才能创造出一棵树，他看着灌木丛和花坛想道。那么，我们人人就都该在景观园艺方面寻求挑战吗？我们是否就该去给住在昂贵房子里的富人们当园丁，开着锈迹斑斑的旧卡车，给割草机上油，拿着剪草机跪在富人们的草坪上，在炎炎夏日来到他们厨房门口讨杯水喝？

高速公路。是啊，他可以阻止他们修建高速公路，或者让那条路从他这里绕过。虽然无法抑制住好奇心——就像无法用意志力让他的心脏停跳一样——却可以令其加速。他可以逼着自己的大脑近乎超负荷地运转，甚至谁都根本看不见小屋、草坪、玫瑰花架，或是他这个喝着啤酒、饱经风霜的老人。或者更确切地说，就算看到了，也绝对不会注意。

但只要他一进城，或者等他一死，这块地就又会凭空冒出来，然后又会怎样呢？然后人们会好奇，会调查，然后兴许就会出现一套东拼西凑的理论，适用于其他某个地方的另一个人。那接下来呢？大屠杀吗？

他摇摇头。人类赢不了的，只会一败涂地。正因为如此，他才不能给人类留下任何线索。他不喜欢宰羊，他估计他的同类们也同样不会喜欢。

他的同类们。格斯绷紧了嘴。他唯一可以确定的一个同类就是哈尔西。肯定还有其他人，却无从寻觅。他们既没有引起人类的任何反应，也没有留下任何可以追寻的线索。只有当他们像哈尔西那样露脸的时候，才能发现得了。可惜的是，他们之间并不存在什么不为人知的心有灵犀。

他觉得好奇，哈尔西是否希望有人会注意到他，并与他取得联系；哈尔西到底有没有怀疑过还有跟自己一样的人；当他格斯·库塞维奇的名字偶尔见诸报端时，又是否有人注意过他本人。

这是我们这个族类的肇始，他想。第一代——或者是不是第一代呢，这重要吗？——我还想知道我们的女性同类何在。

他回转身，对书记员说："我只要当初买下这地方的时候付的那个数，不多要。"

书记员微微睁大了眼睛，然后又放松下来，耸了耸肩：“随你的便吧。可要是换了我的话，我会狠狠敲政府一大笔的。”

是啊，格斯心想，你肯定会那么干的。可我不想，因为大人根本就不会抢婴儿的糖吃。

于是超人收拾起自己的行囊，不再挡人类的道。格斯默默一笑。这阻尼场啊，这阻尼场啊，这备受唾骂、永远仁善、万无一失、自律自发、呵护备至的阻尼场啊。

不幸的是，自然演变的造物主尚未发觉还有人类社会这种东西存在。它制造出了一种与人类血统有一定差异的存在，从而形成了一种实用的希腊字母 ψ。为了保护这个弱小的新物种——其成员寥若晨星——它赋予了他们完美的伪装。

结果就是：当小奥古斯丁·库塞维奇入学时，才发现他没有出生证明。没有一家医院记得他的出生。毫不留情的事实是，他的人类父母有时竟会一连几天忘记他的存在。

结果就是：当小古西·库塞维奇要进高中时，才发现他还从来没上过小学。即便他能说得出老师的名字、背得出课本或教室号码也没用，即便他拿得出成绩单也没用，它们被归错了档，让人难受的面谈也被遗忘了。没人怀疑他的存在——人们记得他存在这件事实，记得他起到的影响与所受的影响；但这一切仿佛都只是他们在一本乏味至极的书里读到过似的。

他没有朋友，没有女友，没有过去，没有现在，没有爱。他没有立锥之地。如果真有鬼魂之类的东西，那他就会在其中找到他的伙伴。

及至少年时代，他已经发现自己与人类毫无瓜葛。他对人类进行过研究，因为这是他所处环境的显著特征。他并没有与人类共同生活。人类述说的一切对他都没有丝毫个人价值，人类的内在动机、道德规范、行为举止和精神面貌并没有在他身上引发相应的反应。当然了，他身上的这方方面面也绝对没有给人类留下过半点印象。

只有少数历史人类学家才会对古巴比伦农民的生活感兴趣，但他们谁也不会真正想变成古巴比伦农民。

在不带半点情绪地解出了人类社会学方程式，且不比发现“鹿特别喜欢吃绿色的白杨树叶”的博物学家更关心这个问题之后，他全身心投入到了体能的释放中。他发现了挑衅并获胜有多刺激，用敲扁某人的鼻子这种方式迫使其注意自己有多刺激。

若不是另一个码头工人用纸箱刀砍了他的话，他说不定就永远留在曼哈顿码头上了。人类文化要求他做出的反应是显而易见的——他只好杀了那个人。

无法无天的私斗也就到此结束了。令他感到厌恶而非恐惧的是，他发现自己竟然可以逍遥法外。根本没人进行过案情调查，也没人尝试过搜查凶手。

事情就这么不了了之，却将他引向了唯一有希望的一条出路，或许可以借此规避他与生俱来的这个困境。智力方面的竞赛毫无意义，有组织的体育运动就成了仅有的解决之道。他们整理出了他所取得的成绩，又用汗牛充栋的新闻报道为他的成绩做了注解，这就为他提供了前所未有的正式生平经历。人们仍然会忘记他的成就，但当他们查看历史记录时，不可否认，他的名字就在那里。卷宗可能会归错档，学校记录可能会消失；不过单单是阻尼场可遮挡不住堆积如山的新闻报道和统计资料，这些内容就像球一样，即便是平庸的球员，球也始终不离脚下。

在格斯看来——他在这方面进行过相当充分的思考——他的男性同类不可避免地会发生这样连续性的进步。三年前，当他发现哈尔西时，他的这一假设便获得了证实。但是哈尔西对另一个男性而言又有什么作用呢？相互安慰吗？他连想都没想过要跟那个人联系。

书记员清了清嗓子。格斯一惊，猛地转过头来看着他。他已经把这人给忘了。

“好了，我看我该走了。记住，你只有两个月的时间。”

格斯不置可否地做了个手势。这人既然已经把消息带到了，何不承认自己的目的已经达成，并就此离开呢？

格斯感伤地笑了笑。不可说人种[1]要达成的又是什么目的呢？他当去往何方？哈尔西已在沿着这条一眼便能看见的小径开始下坡了。还有其他人吗？如果有的话，那他们遵照的就是不知何方的另一套规矩，连头顶都没露出来。他和他的同类唯有通过煞费苦心的排除法才能辨认出对方，他们必须留心那些无人注意的人。

他为书记员打开门，看见那条路，思绪重新回到了高速公路上。

这条高速公路将从铁路枢纽霍利斯特通向法哈姆的空军基地，很久以前，通过社会数学运算，他早就预测出第一艘星际飞船将在那里建造并发射。一辆辆卡车会轰隆隆地沿路驶去，把人员和物资送到那张开的无底洞里。

他抹了抹嘴唇。在太空中的某处，在太阳系之外的某处，还存在着另一个种族，他们曾造访过这里，留下了明显的痕迹。人类会与他们相遇，结果他仍然可以预测：人类会胜出。

对他怀疑存在于群星之间的挑战进行研究，这件事格斯·库塞维奇是无法参与的。即便剪贴簿里贴满了评论和剪报，他的职业生涯也几乎从未进入过公众的意识之中。哈尔西曾经成功打破过棒球史上的每一项纪录，却仅被称为“表现还可以的乡下投手”。

---

1. Homo nondescriptus，作者仿照“智人（Homo Sapiens）”杜撰的拉丁名词，指主人公代表的超人类物种。

他若是申请加入空军的话，能拿得出什么文凭证书呢？就算他真有，第二天谁又还会记得呢？他的疫苗接种记录、体检记录、培训课程记录会面临怎样的遭遇？谁会记得要给他留个铺位，或是分些补给品，或是在虑及供氧量时把他的消耗量也加入总量呢？

混进去？那再容易不过了。但还是那个问题，在飞船上狭小的舱室里，为了让他活下来，又该让谁去送死呢？他究竟该宰哪只羊？还有，就最终分析而言，这样做又能实现什么有价值的目的？

“好了，再见。”书记员说。

“再见。”格斯回答。

书记员沿着石板路向他的破车走去。

我想，格斯对自己道，如果进化过程少一点呵护、多一点思考，那对我们而言会好得多。偶尔的大屠杀不会给我们带来任何坏处，贫民区至少可以解决求偶问题。

我们的种子已经播撒在大地上了。

突然，格斯被某种他难以名状的东西推动着，向前奔去。他透过那辆破车打开的车门往里瞧，那书记员担忧地往下看。

“丹弗斯，你是个体育迷吧。”格斯匆匆说道，他意识到自己的声音太过急切，他的紧张表现让那书记员吃了一惊。

“没错。”书记员回答，一面不安地往后贴在座位上。

“谁是世界重量级拳王？”

“迈克·弗雷泽。怎么了？”

“他打败的那人是谁？原先谁是卫冕冠军？”

书记员噘起了嘴：“哈！这都多少年了。哎呀，我不知道，不记得了。我看可以查一查。”

格斯慢慢舒了口气。他半转过身，回头望着村舍、草坪、花坛、小径、花架和柳树下的鱼池。“算了。”他说着重新往屋里走去，这时书记员晃晃悠悠地发动了他的破车。

电视机里发出响亮的声音。他查看了一下赛况。

比赛进行得很快。到目前为止，哈尔西只投了一个安打，而巨人队投手的表现也差不多跟他一样优秀。比分是 1∶1 平，现在轮到巨人队击球，这是第九局的最后一次。镜头拉近，给了哈尔西一个面部特写。

哈尔西看着击球手，眼中浑不在意，他挥起手臂，投出了一个本垒打。

（罗妍莉　译）

自卑情结：一个复杂的问题

丹尼尔·凯斯出生于1927年，仅凭一部短篇小说就确立了他的声名，即《献给阿尔吉侬的花束》，他随后将之改写为一部长篇小说。它在各种体裁上都非常成功：短篇小说发表在1959年3月刊的《奇幻与科幻杂志》上，获得了雨果奖，并被戏剧协会改编为电视剧。长篇小说版（1966）则获得了星云奖，入选年度最佳二十部长篇，改编成电影《查理》（*Charly*）并由克里夫·罗伯逊主演（他凭借这一角色获得了奥斯卡最佳男主角）。它还被改编成一部名为《查理与阿尔吉侬》（“Charlie and Algernon”）的剧情音乐剧，首演于伦敦，之后在华盛顿上演，最终来到百老汇，并于1999年改编成电视电影。凯斯最近出版了《阿尔吉侬、查理和我：作家心路》（*Algernon, Charlie, and I: A Writer's Journey*）。

凯斯在布鲁克林出生并长大，进入纽约公立学校上学，于17岁时作为轮船上的事务长跟随油轮出海。1947年他回到大学，于布鲁克林学院获得文学学士学位，在《惊奇科幻小说》（*Marvel Science Fiction*，一本发行于1951年至1952年间的只有五期的短命杂志）做了近一年副主编，并于 1952 年在这一杂志上发表了他第一部短篇小说《先例》(“Precedent”)。他随后从业于时尚摄影行业，然后从他十年前毕业的高中得到了一个教职。

在教书和从事虚构写作的同时，他夜间在布鲁克林学院学习，并于 1961 年得到了英美文学的硕士学位。他接受韦恩州立大学的教职之后，将《献给阿尔吉侬的花束》改编成长篇小说。1966 年，他来到俄亥俄大学英语系，在此教授写作和美国文学直到退休。他的第二部小说《接触》(*The Touch*) 出版于 1968 年，第三部小说《第五位莎莉》(*The Fifth Sally*) 出版于 1980 年，第四部小说《24 个比利》(*The Minds of Billy Milligan*) 出版于 1981 年，第五部小说《揭秘克劳迪娅：连环杀手的真实故事》(*Unveiling Claudia: A True Story of Serial Murder*) 出版于 1986 年。

《献给阿尔吉侬的花束》使用了日记体——查理的“进展报告”——这一体裁几乎与英文小说同样古老。日记是故事的必要元素，读者由此得以分享查理的想法，伴随他记下自己的体验，讲述自己由心智障碍到天才的成长过程及其终局。读者能够看到查理的心智能力和感知能力的变化的证据——往往先于查理意识到它。故事的魅力之一在于读者所掌握的信息与查理所掌握的信息之间的对比，以及读者能从查理的报告中读到的东西比他自己所知的报告中存在的东西更多。

另一方面，日记及它严格的第一人称视角是完全主观的，也是极其受限的。读者无法获得对事件的描述或经历的任何客观信息。戏剧性被排除在外，一切事件都必须在发生之后才能为读者所知，而且要经由查理的意识和自我表达能力的过滤。但就如许多有限制的叙述手法一样，这一手法有它自己的优势。

《献给阿尔吉侬的花束》看上去似乎在讨论科幻小说中一个熟悉

的主题：智能增长。这一主题至少能回溯到 H. G. 威尔斯的《最先登上月球的人》（*The First Men in the Moon*）。1930 年代的低俗英雄，如萨维奇博士，时常被描绘为拥有无与伦比的高智商者。E. E. 史密斯（E. E. "Doc" Smith）的《透镜人》（*Lensman*）将基因改造和训练得来的智能增长作为一个重要的情节要素。劣质的科幻短篇和长篇小说则将智能增长与"疯狂科学家"这一主题联系起来。斯坦利·G. 温鲍姆的《新亚当》（*The New Adam*，1939）和奥拉夫·斯台普顿（Olaf Stapledon）的《怪约翰》（*Odd John*，1935）将自然变异作为获得更高智能的方式，并讨论了认为自身更为优越的人所造成的问题。许多超人故事，例如 A. E. 范·沃格特[1]（A. E. van Vogt）的诸多作品，将高智能与其他一些奇妙的新能力联系起来。

凯斯的小说与这些典型小说处理这一主题的手法的不同之处彰显了主流小说与更传统的科幻小说之间的一些区别。《献给阿尔吉侬的花束》仅仅是顺带使用了智能增长这一元素。它更多讲述了智能的对比，以及人们在处理差异时不得不伤害彼此的这一事实。作者没有期待读者将小说中提到的手术视作可能发生的现实：手术过程没有得到描述和解释。没有理由认为这样一个手术会导向某一结果，或是导向与它本意完全相反的结果。手术是一种传统表现手法：彼得·菲利普斯（Peter Phillips）在他的短篇小说《P 加》（"P-Plus"）中把它称为"聪明药"。

小说完全没有考虑这一手术将会对人类有何影响。查理·戈登的最终命运对探索智能增长这一主旨产生了不利影响。仅在一个段落中，查理期盼"推广应用这一［手术］技术"。除此之外，查理得到增长的智能对主旨只有一个贡献，就是否认他的导师的成果的正

1. 加拿大出生的美国科幻作家，美国科幻黄金时代的代表人物之一。

确性，并提出他自己的预测。更为典型的科幻手法或许会考虑它对于整个种族的意义：智能增长对宇宙的永恒秘密、侵蚀人类身心的疾病、社会上的邪恶、能源短缺、环境污染、战争和宇宙扩张等问题会有什么影响……？对伦理、道德、宗教而言它将意味着什么？

然而那将会是另一个故事，凯斯选择不去讲述。与此相反，他讲述了查理·戈登的故事，一个经典的翻转故事，关于一个卑微的人崛起后获得才能与成功，以及他后来的命运。这个故事为我们讲述了一个人如何努力去接受他不寻常的经历，而其他人又会怎样行动和感受。这部作品着重讨论了人们的情感，而不是探讨可能改变人们的生活和思维的点子，这就是它获得广泛共鸣的原因之一。这是主流虚构作品的传统手法。

（小绿　译）

献给阿尔吉侬的花束

［美国］丹尼尔·凯斯

进占包告[1]1

1965 年 3 月 5 日

施特劳斯博士说从现在起我应改些下所有我想的和发升在我身上的事。我不知道为什么但他说这很中要这样他们旧能决定要不要用我。我希望他们用我。吉妮安小姐说也许这样能让我聪明。我想变聪明。我的名字是查理·戈登，我 37 岁而且两周前是我的生日。我没有认何东西要些了今天就到这里。

进占包告 2

3 月 6 日

我今天有一个测验。我想我没有及各。我想他们现在也许不会

1. 本篇小说是以“查理”为第一人称写的“进展报告”。在前几份报告中，查理错别字不断，标点使用不当，语句不通顺，但随着查理接受试验并取得进步，报告上的错别字、语句表述都有了好转；但最后当他智力衰退后，他的报告又恢复了原样。因此文中字、词、标点等误用为原文刻意为之，是读者能看到查理心智能力和感知能力变化的依据，故未作删改。——中文版编注

用我了。事倩是这样的房间里有一个人很好的小伙他有一些白卡片上面都是墨水。他税查理你看卡上有什么。我下到了虽然我口代里放着我的幸运免子脚因为我小时候在学校总是考不及各还会洒墨水。

我对他说我看到一个墨水团。他说对而这让我感觉挺好。我相这就完了但当我站起来要走的时候他叫住了我。他说坐下来查理我们还没桔束。后来我记不清了但他相让我说墨水里有什么。我没从墨水里看到认何东西但他说那里面有图花其他入在里面看到了一些图画。我看不到什么图花。我狠努力的看。我把卡放近又放远。然后我说如果我带了眼睛我就能看的更好我看电影和电视的时候都会带眼睛我说但它放在大厅的柜子里了。我拿到了它。然后我说让我在看一下我会看到的。

我狠努力但我还是没看到图花我只看到了墨水。我对他说可能我需要新眼睛。他在纸上些了一些动西我下到了我要不及各了。我对他说这个墨水团很好看边元上都是小见头。他看上去很伤心说明这不对。我说让我在试一次。给我几分中就好困为有时我没那么快。在吉妮安小姐的慢速成人课上我度的也很慢但我很努力。

他又给了我一次机会另一张卡上有红的和蓝的两种墨水。

他人很好而且像吉妮安小姐一样说的很慢告诉我说这是原始冲击。他说人门能在墨水里看到东西。我说告诉我在哪。他说想一想。我告诉他我想了一个墨水团但那乜不兑。他说这让你想起什么——假装一下。我比上眼睛很久来假装。我对他说我假装一个刚笔楼墨桌布上到处都是。然后他站起来走了出去。

我想我没有通过原始冲击测验。

进占包告3

3月7日

施特劳斯博士和尼莫尔博士说墨水团没关系。我对他们说我没有吧墨水弄到卡片上我在墨水里什么也看不见。他们说他们可能还是会用我。我说吉妮安小姐从来没有这样考过我只有读和写。他们说吉妮安小姐告诉他们在成人叶小里我是她追好的学生困为我追努立而且直的狠想学刁。他们说查理你是怎么做到一个人去上成人叶小的。你怎么找到。我说我间别入，有个入告诉我应改去那里学刁好好读和写。他们说为什么你想这样。我说困为我从小到大都相变聪明而不是笨。但变聪明太难了。他们说你知道这又可能是占时的。我说是。吉妮安小姐告诉过我。我不在乎它通不通。

这一天的接下来我考了更多奇怪的测验。给我测验的好心的女士告诉了我名字我问她怎么些这样我就能些在我的进占包告上。**主题统觉测验**。我不认识前两个词但我知道测验是什么。你要么及各要么分很差。这个测验看上很简单困为我可看到图画。只是这次她不相让我告诉她图花。这让我不明白。我说昨天的人说我应改告诉他我在墨水里看到了什么但她说那没又关希。她说要讲图花里的入们的故是。

我说你怎么能讲你没有见过的入们的故是。我说我为什幺要说假话。我再也不说假话了困为我总是贝抓住。

她告诉我这个测验和那个叫原始冲击的测验的是为了知道性恪。我小的不行。我说你怎么能从墨水团和找片里知道这个。她有点不高兴然后把她的图花放到一边。我不在乎。这好笨。我才这个测验我也没及各。

过了一会儿几个穿着白大衣的人把我带到一院的另一个部份给我一个游戏玩。那是一个和小白鼠比赛。他们叫老鼠阿尔吉侬。阿尔吉侬在一个盒子里面有各种墙一样的弯弯绕绕然后他们给我一支铅笔一张纸上有线和很多盒子。一头上写着**开始**另一头写着**结束**。他们说这是秘功然后阿尔吉侬和我要做一样的秘功。我不之道我们怎么做一样的秘功既然阿尔吉侬用盒子我用纸但我什幺也没说。不管怎样没有时间因为比赛开始了。

其中一个人有个手表不想给我看然后我就努立不看这让我进张。

不管怎样这个测验比别的让我觉得更差因为他们用不通的秘功做了十几次。而阿尔吉侬每次都赢。我不知到老鼠那么聪明。也许那因为阿尔吉侬是一只小白鼠。也许小白鼠比别的老鼠聪明。

进占包告 4

3 月 8 日

他门要用我！我兴奋的写不出字了。之前尼莫尔博士和施特劳斯博士正执了一次。施特劳斯博士把我带进办公室时尼莫尔博士已经在里面了。尼莫尔博士但心用我但施特劳斯博士对他说吉妮安小姐推存了我我是她教的人里最好的。我喜欢吉妮安小姐困为她是一个很聪明的老师。她说查理你会得到第二次机会。如果你志原参加这个式验你就可能回变聪明。他们不知道是不是用久的但这是个机会。这就是为什么我答应了虽然我很怕因为她说这是个手木。她说不要怕查理你拥有这么少却做到了这么多我觉得你值的这一切。

所以当尼莫尔博士和施特劳斯博士正起来时我下到了。施特劳斯博士说我有一些很好的地方。他说我有很好的动几。我从来不知道我有这个。他说不是每个艾 Q68 的人都有这个这让我很自豪。我不知道那是什么是从哪来的但他说阿尔吉侬也有。阿尔吉侬的动儿是他们放在盒子里的芝士。但这不可能因为这周我没吃芝士。

然后他对尼莫尔博士说了些我不明白的话于是在他们说话时我记了一些下来。

他说尼莫尔博士我知道查理不是你心里构想的智 **（没听明白那个词）超人新种族的第一人。但大部分他这样的低智 ** 都不友 ** 不合 ** 他们往往呆滞麻 ** 而且很难接触。他的天星很好他有兴去而且渴望去取悦。

尼莫尔博士说记住他会成为第一个智上被手木方发体高三倍的入类。

施特劳斯博士说确十。你看他的心只年龄这么低却学读写学刁的这么好这就像你我自学爱因斯坦的 ** 力论一样是了不起的成 **。这表现出了枪大的动儿。这是相 ** 不同 ** 成 ** 我要说我们就用查理。

我没有听动所有的话他们说的太快但听上去施特劳斯博士站在我这边而另一个人不是。

尼莫尔博士点头他说好的或许你时对的。我们会用查理。他这么说的时候我开心的跳了起来为他对我这么好而抓着他的手。我说谢谢您博士您不会因为给我第二次机会而后悔的。我说到做到。等手木完了我要努力变聪明。我要超级努力。

进占包告 5

3 月 10 日

我下到了。很多在这里工作的人护士们和给我测验的人带给我糖祝我好运。我希望我有好运。我有我的免子脚幸运硬币和马蹄铁。不过在我丢一院的路上一只黑猫跑了过去。施特劳斯博士说不要迷心这是可学。不管怎样我有我的免子脚。

我问施特劳斯博士手木之后我会不会打败阿尔吉侬他说也许。如果手木有用我会让那老鼠知道我和他一样聪明。也许更聪明。然后我会更会看书更会写字知道好多东西和其他人一样。我想和其他人一样聪明。如果这是用久的他们会让全是界的人都变聪明。

今天早上他们没有给我任何吃的。我不知道吃东西和变聪明有什么关系。我很饿尼莫尔博士却拿走了我的糖盒。尼莫尔博士好烦。施特劳斯博士说等手木结束之后我就能拿回来。手木之前不能吃东西……

进展报告 6

3 月 15 日

手木不疼。他在我睡觉的时候做的。他们去掉我眼睛上和头上的崩带好让我写**进展报告**。尼莫尔博士看了我其它的报告说我把**进展**写错了还告诉我怎么写以及**报告**也是。我会试着记住。

我对写字的纪忆很差。施特劳斯博士说写下发生在我身上的事挺好但他说我应改写更多我的感受和思考。我跟他说我不知道怎么思考他说试一试。当崩带在我眼睛上时我一直在试这思考。什么都没有发声。我不知道该思考些什么。也许我问他他就会告诉我该怎么思考既然我要变聪明了。聪明人都在思考什么。应该是些不得了的事。我希望我能知道点不得了的事。

进展报告 7

3 月 19 日

什么都没有发声。我做了好多测验还和阿尔吉侬做各种比赛。我讨厌那老鼠。它总是赢我。施特劳斯博士说我必须玩那些游戏。他还说之后我要再做一次测验。那些墨迹好笨。那些图画也好笨。我喜欢画男人和女人的图但我不会说别人的谎话。

试着思考太多让我头疼起来。我相施特劳斯博士是我的朋有但他没帮我。他没有告诉我要变聪明该思考些什么。吉妮安小姐没有来看我。我觉得写这些进展报告也好笨。

进展报告 8

3 月 23 日

我要回到公厂工作了。他们说我回去工作比较好但我不能告诉任何人我为什么要做手木而且我没晚工作完都要去一院呆一个小时。为了让我学刁便聪明他们每个月都会给我钱。

我很高兴我要回去工作了因为我想念我的工作和我那些朋有我们在那里是多么开心。

施特劳斯博士说我应改继续写东西但我不用每天都写只要我想到什么事或者有什么特别的事发升时就行了。他说不要会心因为这要时间发声的很慢。他说阿尔吉侬花了好长时间才变的有以前的三倍聪明。这就是为什么阿尔吉侬总是赢我它也做了那个手木。这让我觉得好点了。我可能可已比一只扑通老鼠做秘功做的快。也许有一天我会打败阿尔吉侬。那可就不得了了。到现在为止阿尔吉侬的聪明拟乎是水久的。

3 月 25 日（我不用每次在开头写**进展报告**了只要每周交给尼莫尔博士看时写上就行。我只要写日期就好。这样省时间。）

今天我们在公厂很开心。乔·卡普说看啊查理做了手木他们给查理弄了点脑子。我正打算告诉他但我想起施特劳斯博士说不能说。然后弗兰克·赖利说查理你怎么了忘了你的钥匙开门用这么大劲。我小了。他们争是我的好朋友他们很喜欢我。

有时会有人说你看乔或者弗兰克或者乔治他对付查理·戈登真有一手。我不知道他们为什么这么说但他们总小。今天早上阿莫斯·博格就是多尼甘的领办用我的名字对办公室的厄尼大叫。厄尼丢了一个包果。他说上帝啊厄尼你怎么搞的像查理·戈登。我不知道他为什么这么说。我从来不丢包果。

3 月 28 日

施特劳斯博士今晚到我的房间看我为什么没有安要求去。我告诉他我不想在和阿尔吉侬比赛了。他说我暂时不用比了但我因该去。他给了我一个礼物但它不是礼物只是借给我。我相那是个小电视但那不是。他说我要在睡觉的时候打开。我说你开玩笑我为什幺要在睡觉的时候打开。谁厅说过这种事。但他说如果我想变聪明我就要按他说的做。我对他说我不觉得我会变聪明然后他把手放在我肩旁上说查理你不知道但你一直都在变聪明。你暂时不会注意到。我想他只是人很好让我感觉好点因为我看起来没有变聪明。

对了我差点忘记。我问他我什么时候能回到学校上吉妮安小姐的课。他说我不用去那。他说很快吉妮安小姐就会来一院开始给我专们上课。在我做手木的时候她没有来看我很生气但我喜欢她所以也许我们还能当朋有。

3 月 29 日

那个疯电视让我一晚睡不着。我怎么能在一个东西一晚冲着耳朵不停大叫疯话时睡着。还有那些神经的图。哇。在我醒的时候我不知道它在说什么那我睡着的时候怎么可能知道。

施特劳斯博士说那不要紧。他说当我睡觉的时候我的大脑在学刁等吉妮安小姐开始在一院给我上课之后这会有用（不过我发现那不是个一院那是个十验室）。我觉得太疯狂了。如果你能在睡觉的时候变聪明那人们为什么要去上学。我不觉得那个会有用。我以前老是在看电视上的晚间节目和深夜节目但我从来没有变聪明。可能你要在睡觉的时候看。

进展报告 9

4 月 3 日

施特劳斯博士教我怎么把电视声音调低这样我就能睡觉了。我什么也听不见。我还是不明白它在说什么。有几次我在早上放了一会儿想知道我睡觉时学了什么但我不觉得我学到了。吉妮安小姐说也许那是另一种与言之类。但大部分时候它都听起来是美国话。它讲的那么快甚至比勾德小姐还要快她是我六年级的老师我记得她讲的那么快让我听不明白。

我对施特劳斯博士说在我睡觉的时候变聪明有什么好。我想在我醒的时候聪明。他说那是一回事而且我有两个脑子。就是潜意识和意识（就是这么写的）。其中一个不会告诉另一个它在干啥。它们甚至互相不讲话。这就是我为什么做梦。而且我的天我那些梦可真怪。哦，自从有了那个晚上的电视以来。那个深深深深深夜节目。

我忘记问他是只有我还是所有人都有那么两个脑子。

（我刚刚在词典里查了施特劳斯博士告诉我的词。那个词是潜意识，形容词，没有在意识中表现出的心智活动的性质，例如，潜意识下的欲望斗争。）还有别的但我还是不知道它是什么意思。对于像我这样的笨人来说这个词典不太好。

不管怎么说头疼是因为派对。我公厂的朋有乔·卡普和弗兰克·赖利邀请我和他们一起去马格西沙龙喝酒。我不喜欢喝酒但他们说我们会玩的很开心。我玩的是不错。

乔·卡普说我应改让姑娘们看看我在工厂里怎么拖卫生间然后他给了我一个拖把。我做给他们看了当我告诉他们多尼甘先生说我是他见过最好的清结工因为我喜欢我的工作而且做的很好而且从来不迟到旷工除了我的手木时所有人都小了。

我说吉妮安小姐总是说查理为你的工作骄傲因为你做的很好。

所有人都小了我们很开心他们给我很多酒乔说查理喝高了就是个奇怕。我不知道那是什么意思但大家都喜欢我我们很开心。我等不及要像我最好的朋有乔·卡普和弗兰克·赖利那样聪明。

我不记得派对怎么结束的了但我想我出去给乔和弗兰克买报纸和咖非然后我回来之后哪里已经没人了。我到处找他们到很晚。然后我记不起了但我想我困了或者不舒服了。一个人很好的警察带我回家。我的房东弗林太太是这么说的。

但我头疼而且头上长了大包而且又青又黑。我想我可能跌了但乔·卡普说是那个警察他们有时会打喝高了的人。我觉得不是。吉妮安小姐说警察是帮助人的。不管怎样我头很疼而且很难受到处都受伤了。我不要再喝酒了。

4月6日

我打败了阿尔吉侬！我甚至不知道我打败了它直到监考的伯特告诉我。第二次我输了因为我太兴奋在结束前从椅子上掉下来。但在那之后我赢了它八次。我一定已经聪明到能打败一只像阿尔吉侬那样聪明的老鼠。但我没有感到变聪明。

我想要再和阿尔吉侬比一比但伯特说今天已经够了。他们让我握住阿尔吉侬一分中。它不错。它软软的像一个毛球。它眨了眨眼然后它张开眼睛的时候边边是黑黑的粉粉的。

我说我可以喂它因为我打败它感觉不好受我想做个好人交朋有。伯特说不阿尔吉侬是一只很特书的老鼠像我一样做了手木，而且它是所有动物里第一只保持聪明这么久的。他对我说阿尔吉侬太聪明了它每天都要做测验来得到吃的。那像是一个门上的锁一样每次都会变阿尔吉侬要进去吃所以它每次都要学刁新东西去得到吃的。这让我难过因为如果它不学刁它就回饿肚子。

我觉得只有通过测验才能吃东西不太对。如果尼莫尔博士每次都要通过测验才能吃东西他回怎样。我想我和阿尔吉侬会成为朋有。

4月9日

今天晚上工作结束吉妮安小姐在实验室。她看上去很高兴见到我但有些害怕。我告诉她吉妮安小姐不要担心我还没有变聪明然后她小了。她说我相信你查理你那么努力挣扎的去读和些比其他人都要好。只少你会拥有它一回儿你在为可学做事。

我们在读一本很难的书。我从来没有读过这么难的书。它叫作《鲁滨逊漂流记》讲一个男人留落在了荒鸟上。他聪明而且搞董了各种东西所以他就能有一个房子和食物而且他很会游泳。但我觉得很难过因为他一个人没有朋有。但我想鸟上一定有别的人因为有一张画上他打着搞笑的雨伞看脚印。我希望他能有朋有不再古独。

4 月 10 日

吉妮安小姐教我怎么拼写的更好。她说看着一个词然后闭上眼睛然后一遍遍念它直到你记住。我总是弄不情楚为什么 *through* 念成 *threw* 而 *enough* 和 *tough* 又不念成 *enew* 和 *tew*。你得念成 *enuff* 和 *tuff*。我开始变聪明之前就是那么写的。我弄不明白但吉妮安小姐说拼写没有道理。

4 月 14 日

看完了《鲁滨逊漂流记》。我想知道后来他怎么样了但吉妮安小姐说这就是全部。为什么。

4 月 15 日

吉妮安小姐说我学刁的很快。她读了一些进展报告然后看着我表情怪怪的。她说我是个很好的人我会让他们见识到的。我问她怎么了。她说没什么但如果我发现大家不像我想的那么好我也不用觉得难过。她说对于一个上帝给了这么少的人而言你做到了太多相比之下很多人虽然有脑子却从没用过。我说我所有的朋有都是聪明人但他门很好。然后她眼睛里有了些东西让她不得不跑去女洗手间。

4 月 16 日

今天，我学刁，逗号，这是一个逗号（，）一个句号带着尾巴，吉妮安小姐，说它很中要，因为，它让作文，更好，她说，一个人，

回失去，很多钱，如果逗号，不，在，对的地方，我没有，什么钱，我不知道，一个逗号，怎么让你，不失去它，

但她说，每个人，都用逗号，所以我，也要用，

4月17日

我把逗号用错了。吉妮安小姐让我去在词典里查长一点的词来学刁怎么写。我说反正你能读它那有什么区别。她说这是你的教育的一部分所以从现在开始我要去查那些我不太会写的词。这样一来写字要花很久但我想我在记住。我只用查一次然后我就能写对了。不管怎样我就是这么学会写标点符号这个词的。（词典里就是这样。）吉妮安小姐说句号也是标点符号，还有很多别的符号要学。我说我已为所有句号都要有尾巴但她说不是。

你要把它们混起来，她告诉？我”如何。把它们！混起（来,，现在；我能！把各种”标点符号混起来，在！我的作文里？有，很多！规则？要学；但我在’记住它们。

有一件事？我很喜欢，亲爱的吉妮安小姐：（这就是商务邮件里的写法如果我要去做商务）是她，总是在我问—的时候告诉我’原因”。她’是个天’才！我希望！我可’以像她”那样，聪明；

（标点符号，真；好玩！）

4月18日

我真傻！我根本没有明白她在说什么。昨天晚上我读了语法书，里头结释了一切。我发现这和吉妮安小姐试图告诉我的一样，但我没有明白。我在半夜醒过来，整件事突然在我脑子里变得明明白白。

吉妮安小姐说在我睡着时放的电视很有效。她说我到了平台。就像一个平坦的山顶。

我里解标点符号的用法之后，我把从开始到现在的进展报告全读了一遍。天，我之前写字和标点可真吓人！我对吉妮安小姐说，我应该倒回去把所有错误改过来，但她说：“不，查理，尼莫尔博士希望它们保留原来的样子。这就是为什么他让你在报告被影印之后留下它们，好让你看到自己的进展。你学得很快，查理。”

这让我感觉不错。课结束之后我下去和阿尔吉侬一起玩。我们已经不比赛了。

4 月 20 日

我觉得好难受。不是要看医生的那种难受，而是在我的胸口的一种空荡荡的感觉，像是被打了一拳又烧心。

我没打算写下来，但我想我不得不写，因为这很重要。今天是我头一次待在家里不上工。

昨天晚上乔·卡普和弗兰克·赖利邀请我参加一个派对。那里有许多姑娘，还有一些厂里的男人。我记得我上次喝多了有多难受，就对乔说我什么都不想喝。他就给了我一杯纯可乐。它喝起来怪怪的，但我以为是我嘴里味道不好。

起初我们挺开心的。乔说我该和艾伦一起跳舞，她会教我步子。我摔了好几次，而且不知为何没有人在我和艾伦旁边跳舞。而且我一直在磕绊，因为总有人把脚伸出来。

我爬起来看到乔的表情，让我胃里有种怪怪的感觉。“他可棒透了。”一个姑娘说。所有人都在笑。

弗兰克说：“从那天晚上我们在马格西那儿让他去买报纸然后扔下他不管以来，我还从没这么笑过。”

“瞧瞧他，他的脸是红的。”

“他在脸红。查理在脸红。”

"喂，艾伦，你对查理干了啥？我以前从没见过他这样。"

我不知道该做什么，该去哪里。所有人都看着我大笑，我感觉自己赤身裸体。我想把自己藏起来。我跑上街，吐了。然后我走回了家。真可笑，我从来不知道乔和弗兰克还有其他人喜欢和我待在一起是为了嘲笑我。

现在我明白他们说"对付查理·戈登真有一手"是什么意思了。

我感到羞耻。

进展报告 11[1]

4 月 21 日

我还是没有去工厂。我拜托房东弗林太太给多尼甘先生打了个电话，说我病了。弗林太太看我的表情怪怪的，就好像她害怕我一样。

我想，弄明白为什么大家都笑我是件好事。这让我思考了很久。是因为我实在太傻了，甚至意识不到自己在做傻事。人们觉得一个傻子没法像他们一样做事很好笑。

不管怎样，现在我每天都在变得更聪明。我会用标点符号，也能写好字。我喜欢在词典上查各种难词，然后记住它们。我现在读很多东西，吉妮安小姐说我读得很快。有时我甚至能明白自己在读什么，而且它们会留在我脑子里。有时我闭上眼睛回想起某一页，它就会像一幅画那样浮现出来。

除了历史、地理和数学，吉妮安小姐说我还应该开始学几门外

1. 原文如此，没有进展报告 10。

语。施特劳斯博士又给了我几盘录像带，让我在睡觉的时候播。我还是不明白意识和潜意识是如何产生作用的，但施特劳斯博士说现在还不必担心。他要我保证等我下周开始学大学课程时，我不会自己去读任何有关心理学的书——也就是说，直到他允许我读为止。

今天我感觉好多了，但我想我还是有点生气，因为人们总是在嘲笑我、逗弄我，因为我脑子不太灵光。等我变聪明，就像施特劳斯博士说的那样，三倍于我的智商值68时，也许我就会和其他人一样，人们也会喜欢我，对我好。

我不太明白这个智商是什么。尼莫尔博士说这个东西可以测量你的智能——就像杂货店里称重量的秤一样。但施特劳斯博士和他争了老半天，说智商根本不能测量智能。他说智商说明了你的智能有可能上升到哪儿，就像量杯外边的数字一样。你还是得往杯子里头装东西。

然后我就去问伯特，就是他给我做智能测验，还和阿尔吉侬一起工作。他说他俩都错了（但我得向他保证不告诉他们他这么说过）。伯特说智商能测量各种不同的东西，包括一些你已经学到的东西，而且它其实挺不好的。

到头来我还是不知道智商到底是什么，只知道我的智商很快就会过200。我没什么好说的，但我不明白他们既然连它是什么，或者它在哪儿都不知道——我不明白他们怎么能知道你的智商有多少。

尼莫尔博士说明天我要做个罗尔沙赫测验。我想知道那是什么。

4月22日

我知道罗尔沙赫是什么了。就是我在手术前做过的测验——那个卡片上有墨水团的。考我的是同一个人。

那些墨水团让我怕得要死。我知道他会让我去看图画，我还知道我看不出。我在想，有没有什么办法能弄明白里面究竟藏着什么图画。可能根本就没有什么图画。可能那只是骗人的，好知道我有没有笨到会去找根本不存在的东西。这么一想，我就对他挺不爽。

“好了查理，”他说，“你见过这些卡片，还记得吗？”

“我当然记得。”

我这么说，他就知道我生气了，他看上去挺吃惊。“没错，当然了，现在我想让你看看这张。它会是什么？你从卡片里看出了什么东西？人们会从这些墨迹里看出各种各样的东西。告诉我它对你而言是什么——它让你联想到了什么。”

我惊到了。我完全没想到他会这么说。“你是说这些墨水团里没有藏着图画？”

他皱了皱眉，摘下他的眼镜。“啥？”

“图画。藏在这些墨水团里。上次你跟我讲人人都能看见，你还让我把它们找出来。”

他解释说上次他说了和这次几乎一模一样的话。我不信，而且我仍旧怀疑他那时误导了我，因为他觉得那样挺好玩。除非——我实在不知道——我真的能有那么弱智吗？

我们慢慢地过着卡片。其中有一张看起来像一对蝙蝠正在扯着什么东西。另外一张看起来像两个男人在击剑。我想象了各种各样的东西。我可能有点太投入了。但我再也不要相信他，我不停地把卡片翻来翻去，还看看背面有没有什么我应该注意到的东西。他做笔记的时候我瞄了一眼，但他写的都是些代码：

WF +A DdF-Ad orig. WF-A SF + o b j

我还是没明白这测验在干什么。在我看来，谁都能瞎编出一些他们根本没看到的东西。他怎么会知道我有没有编出一些我根本没联想到的东西来骗他？可能等施特劳斯博士让我读了心理学我就会明白。

4月25日

我想到了一种摆放工厂机器的新方法，多尼甘先生说这样一来他每年能省下一万美元人工费，还能提高生产力。他给了我二十五美元奖金。

我想跟乔·卡普和弗兰克·赖利一起出去吃午饭庆祝，但乔说他得给他老婆买点东西，弗兰克说他要和他表兄一起吃午饭。我想他们需要一点时间来接受我的变化。所有人看上去都害怕我。当我走向阿莫斯·博格并拍了拍他的肩，他吓得跳了起来。

大家不再跟我说话，也不像过去那样开玩笑。这让我的工作有点孤独。

4月27日

今天我鼓起勇气问吉妮安小姐明晚能不能和我一起吃晚饭，来庆祝我拿到了奖金。

起初她不知道这样做好不好，但我问了施特劳斯博士，他说没关系。施特劳斯博士和尼莫尔博士似乎处得不太好。他们老是吵。今天晚上我来问施特劳斯博士我能不能和吉妮安小姐一起吃饭时，我听到他们在大喊大叫。尼莫尔博士说这是他的实验，他的研究，施特劳斯博士则吼了回去，说他做的贡献也一样多，因为他通过吉妮安小姐找到了我，手术也是他做的。施特劳斯博士则说总有一天，全世界成千上万的神经外科医生都会使用他的技术。

尼莫尔博士想在月底发布实验结果。施特劳斯博士想再等一等，确认一下。施特劳斯博士说比起实验本身，尼莫尔博士更在乎普林斯顿神经学系的职位。尼莫尔博士说施特劳斯博士不过是个投机分子，打算拿他当跳板出人头地。

离开时我发现自己在发抖。我不知道究竟为什么，但我似乎头一次看清了这两个人的真面目。我想起伯特说尼莫尔博士是个妻管严，她不断催促他发文章，这样他就能出名。伯特说她的人生梦想就是丈夫飞黄腾达。

施特劳斯博士真的打算拿他当跳板吗?

4月28日

我不知道自己为什么从来没有意识到吉妮安小姐究竟有多美。她有棕色的眼睛，羽毛般轻柔的棕色头发披在脖子上。她只有34岁！我想一开始我觉得她是个不可能接近的天才——而且很老很老。现在，每次见到她我都觉得她越发年轻可爱。

我们一起吃晚饭，聊了很久。她说我学得太快了，很快我就会把她甩到后面，我笑了。

“是真的，查理。你已经是一个比我更优秀的读者了。你瞥一眼就能读完一整页，但我一次只能读几行。而且你能记住你读过的每一个细节。我能回想起文章主旨和大意就已经很不错了。”

“我不觉得我聪明。有太多事我不明白。”

她掏出一根雪茄，我为她点上。“你得有点儿耐心。普通人花上半辈子才得到的成长，你只花了几个星期甚至几天就做到了。这就是整件事的奇妙之处。你现在就像一个巨大的海绵，不断吸收各种东西。事实，数据，常识。而且，你很快就会把它们联系起来。你会发现知识的不同领域如何相连。有很多不同的层级，查理，就像一个巨大阶梯上的台阶，把你带到越来越高的地方，看到你周围越来越广阔的世界。

“我只能看到很小一部分，查理，而且我不会再往上走了，但你却会不断攀登，看得越来越多，每一步都会为你打开你闻所未闻的新世界。”她皱起眉头，“我希望……我只希望上帝——”

“什么？”

“没什么，查理。我只怕我建议你参与这件事会不会从一开始就是个错误。”

我笑了。“那怎么可能？它管用了，不是吗？就连阿尔吉侬也还依旧聪明。”

我们无言地坐了一会儿。我知道她看着我把玩我的兔子脚和钥匙链子的时候在想什么。我不愿思考那种可能性，如同老人们不愿思考死亡。我知道这一切还只是个开头。我知道她说的层级是什么意思，因为我已经看到了其中一些。想到她会被留在后面，我就很悲伤。

我爱上了吉妮安小姐。

进展报告 12

4 月 30 日

我辞掉了多尼甘塑料盒公司的工作。多尼甘先生说我走了对大家都好。我做了什么让他们那么恨我？

多尼甘先生给我看了请愿书，我才头一次知道这件事。八百四十个名字，除了范妮·格登之外所有和工厂有关的人都在上面。快速扫了一眼，我就立刻发现只缺了她的名字。剩下所有人都要求解雇我。

乔·卡普和弗兰克·赖利不愿和我谈这件事。其他人也不愿意，除了范妮。她是我认识的人当中的少数，无论外界如何证明、表述或行动，她都会对自己的观点坚信不疑——而范妮相信我不该被解雇。她遵照自己的原则反对请愿书，就连压力和威胁也没有让她动摇。

“这并不意味着，”她表示，“我不认为你身上有些很奇怪的地方，查理。有些东西不一样了，我不知道。你曾经是个善良可靠的普通人——或许不太聪明，却很诚实。谁知道你对自己做了什么，才会一下子变聪明。就像周围的人说的那样，查理，这不对劲。”

“你怎么能这么说，范妮？一个人变得聪明，想要获取知识并理解他周围的世界，这有什么不对？”

她看向她的工作，我只好转身走开。她没有看我，说：“夏娃听从蛇的话吃掉智慧树的果实，这很邪恶。她看到自己赤身裸体，这很邪恶。若非如此，谁都不会变老，生病，然后死去。”

我再次感受到耻辱在我内心燃烧。我的智能在我和我曾经认识并喜爱的人们当中造成了隔阂。过去，他们因为我的无知和愚笨而嘲笑我，鄙视我；现在，他们因为我的知识和理解能力而仇恨我。上帝啊，他们想让我怎么办？

他们把我赶出了工厂。我从未像现在这样孤独……

5 月 15 日

施特劳斯博士很生气，因为我两周没有写进展报告。他这样是有理由的，因为实验室现在定期付给我工资。我告诉他我忙着思考和阅读。我向他指出，写作的过程太慢，我惨不忍睹的书写让我失去了耐心，他便建议我去学习打字。现在，写作变得轻松许多，因为我每分钟可以打大约七十五个词。施特劳斯博士不断提醒我口头表达和书写时简洁的必要性，这样人们才能理解我。

我打算回顾前两周发生在我身上的所有事。在美国心理协会和世界心理协会共同举办的大会上，我和阿尔吉侬得到了展示。我们造成了不小的轰动。尼莫尔博士和施特劳斯博士为我们骄傲。

我猜想尼莫尔博士，他现在 60 岁——比施特劳斯博士大 10 岁，认识到他的工作需要切实的成果。毫无疑问是尼莫尔太太施压的结果。

与我起初对他的印象相反，我意识到尼莫尔博士根本不是个天才。他脑子很好，却在挥之不去的自我怀疑中不断挣扎。他想让人们把他当作天才。因此，感到自己的工作被世界承认对他而言很重要。我相信尼莫尔博士害怕继续推迟下去，因为他担心有人会通过现有的线索得到新发现，抢走他的功绩。

另一方面，施特劳斯博士则可被称作天才，虽然我感到他的知识领域过于狭窄。他接受的是传统的专精教育。更加广阔的知识被忽视了，即便它们非常重要——就连对一位神经外科医生而言都是如此。

我很震惊，他会的古代语言只有拉丁语、希腊语、希伯来语，除了入门级的变分法，他对数学几乎一无所知。当他向我承认这一点时，我发现我甚至有些不快。仿佛他掩盖了这一部分以欺骗我，假装成——就像很多人那样，我发现——一个他并不是的人。我所认识的任何人都不是他们表面上那样。

尼莫尔博士待在我身边时似乎很不适。有时我尝试和他说话，他却神情怪异地看着我，然后转过身去。施特劳斯博士说我在让尼莫尔博士感到自卑，他这么说一开始让我很生气。我以为他在嘲弄我，而我对于被开玩笑太过敏感。

我怎么会知道像尼莫尔这样一位受人敬重的实验心理学家竟然不会使用印地语和中文？考虑到如今印度和中国在他专攻的领域内做出的成果，这就非常荒诞了。

我问施特劳斯博士，尼莫尔若是连读都读不懂，他要如何反驳拉赫加马提对他的方法和结论的攻击。施特劳斯博士脸上的奇怪神情只意味着两种可能中的一种。要么他不想告诉尼莫尔他们在印度说了些什么，要么——而这让我不安——施特劳斯博士也不知道。我必须谨慎地说话，简洁明了地写作，才不致让人笑话。

5 月 18 日

我非常烦恼。时隔一周，昨晚我头一次见到吉妮安小姐。我尝试回避一切智识上的概念，让谈话保持在单纯而日常的水准，她却只是空洞地望着我，问我所说的多贝尔曼的第五协奏曲中包含的数学等价变量是什么意思。

我尝试解释，她却制止我，笑了起来。我想我生气了，但我猜我在试着以错误的层级和她沟通。无论我如何尝试和她讨论，我都无法和她交流。我必须阅读沃施塔德在《语义进展层级》中的相关知识。我意识到我已经没法和他人交流了。感谢上帝让我拥有书籍和音乐，以及使我沉思的事物。大部分时候我都独自一人待在弗林太太的寄宿公寓中我自己的房间里，几乎不与任何人说话。

5 月 20 日

如果不是因为摔盘子的事故，我就不会在餐厅吃晚饭时注意到新来的洗碗工，一个大约 16 岁的男孩。

盘子摔到地上，碎裂成片，白瓷飞溅到桌下。那男孩站在那里，惊慌失措，空托盘抓在手里。客人们的口哨和嘘声（那些叫喊，“嘿，赚到了”……“恭喜！”……以及“行了，他在这里没干多久……”都毫无例外地伴随着公共餐厅中玻璃杯与碗碟的破碎）似乎都让他不知所措。

店长赶来查看这场骚动究竟是怎么回事，男孩蜷缩起来，似乎等着挨揍，还举起手臂打算护住自己。

“好了！好了，你这傻子，”店长叫道，“别干站在那儿！拿起扫帚清理干净。扫帚……扫帚，你这笨蛋！就在厨房里。把碎片都扫干净。”

那个男孩意识到自己不会受罚。他脸上的惊恐神情消失了，笑了起来，当他拿着扫帚回来扫地时还哼起了歌。有一些爱嚷嚷的客人还在吵，利用他为自己取乐。

“瞧，小伙子，你身后那个也挺不错的……”

“来啊，再干一次……”

“他还没那么傻。摔了比洗了省事……”

他空洞的眼睛扫过乐不可支的围观者，缓缓映照着他们的笑容，脸上终于绽放出一个不知所措的微笑，以回应他显然没有理解的玩笑。

我看着他愚钝空洞的笑容，孩童般的明亮大眼，不知所措却渴望取悦的神情，从内心深处感到恶心。他们嘲笑他是因为他有心智障碍。

而我也在嘲笑他。

突然，我对自己和那些讥笑他的人怒火中烧。我跳起来喊道：“闭嘴！让他一个人待着！他不懂不是他的错！他自己也没办法！看在上帝分上……他还是个人！”

房间里寂静无声。我咒骂自己失去控制，造成如此场面。付账时我努力不去看那个男孩，食物一口没动就走了出去。我为我们俩感到羞耻。

多么奇怪，那些诚实而有理智的人不会欺侮一个生来没有四肢或双眼的人，却会无所顾忌地虐待一个生来智能低下的人。不久之前，我就像这个男孩一样愚蠢地扮演着小丑，想到这个便让我激愤。

然而我几乎忘掉了。

我把过去的查理·戈登的照片藏起来不让自己看到，因为现在的我是聪慧的，那些事就该从我的脑海中消失。但今天看到那个男孩，我头一次看到了曾经的自己是怎样一番模样。我曾经就和他一样！

不久之前，我意识到人们在嘲笑我。现在我意识到我已不知不觉加入其中，嘲笑我自己。这是最痛苦的地方。

我时常重读我的进展报告，看到那蒙昧无知，那孩童般的天真，智能低下的心灵身处暗室，从锁孔窥视外部世界的炫目光明。我能看到即使身处愚钝之中，我仍旧知道自己低人一等，而其他人有某种我缺失的东西——某种否定我的东西。凭借我盲目的心智，我以为那或许与读写能力相关，而我很确定如果我拥有那些能力，我就会理所当然地得到智能。

就连一个愚人也会想要和他人一样。

一个孩子或许不知道要如何喂饱自己，要吃些什么，但他懂得饥饿。

我那时便是如此。我从来都不明白。即便有了智力性觉察这一馈赠，我也从未真正明白过。

对我而言这是个好日子。我更为清晰地看到了过去，因此决定用我的知识和技艺在增长人类智能水平这一领域做一些工作。对于这项工作，还有谁比我的资历更为合适？谁曾经同时在两个世界中生活过？他们是我的同胞。让我用我的馈赠为他们做一点事情。

明天我会和施特劳斯博士谈谈我应该怎样着手这一领域。我也许能帮助他解决如何推广应用在我身上的这一技术的问题。我已经有几个好点子了。

这一技术还有太多需要完善的地方。如果我能被塑造成一个天才，那么数以千计像我一样的人又如何呢？如果将这一技术应用在普通人身上，又能到达多么了不起的高度？在天才身上又如何呢？

有太多门需要打开。我已经等不及开始了。

进展报告 13

5 月 23 日

那件事今天发生了。阿尔吉侬咬了我。我像往常一样去看它，当我把它从笼子里拿出来时，它猛地咬住了我的手。我把它放回去，看了它一会儿。它异常焦躁而凶暴。

5 月 24 日

负责动物实验的伯特告诉我，阿尔吉侬正在发生改变。它越来越不合作了。它拒绝走迷宫，普遍动机下降了。而且它不吃东西。所有人都很担忧这意味着什么。

5 月 25 日

他们在喂阿尔吉侬，它现在拒绝去做开锁题。每个人都把我和阿尔吉侬联系在一起。某种意义上，我们都是自身族类的第一个。他们都假装阿尔吉侬的表现对我而言无关紧要。但很难掩饰参与这个实验的其他动物也出现了奇怪的行为。

施特劳斯博士和尼莫尔博士让我不要再来实验室了。我知道他们在想什么，但我无法接受。我会继续我的计划，向前推进他们的研究。怀着对这两位优秀科学家的应有尊重，我很清楚他们的局限。如果存在一个答案，我必须自己为自己找出来。对我而言，时间突然变得非常重要。

5 月 29 日

我得到了一个自己的实验室，还得到允许继续研究。我在干大事。我夜以继日地工作。我往实验室里搬了一张行军床。我大部分的写作时间都花在了另一个文件夹里的笔记上，但我时不时感到有必要仅凭习惯留下我的情绪和念头。

我发现智能演算是一门迷人的学问。我所学习的所有知识都能在这里派上用场。某种意义上这是困扰我一生的问题。

5 月 31 日

施特劳斯博士认为我工作太拼命了。尼莫尔博士说我试图将本该花费一生的研究和思考塞进几个星期里。我知道我应该休息，但我内在的某种东西不允许我停止。我得找出阿尔吉侬迅速衰退的原因。我得知道这一切是否以及何时会发生在我身上。

6 月 4 日

致施特劳斯博士的信（副本）

亲爱的施特劳斯博士：

在另一封信函中，我将我的报告的副本寄给您，名为《阿尔吉侬-戈登效应：智能增长的结构与功能之研究》，我希望您能阅读并发表它。

如您所见，我的实验已经完成。我在报告中附上了我所有的公式，在索引中记下了数学分析。当然，它们还有待验证。

因为这件事对您和尼莫尔博士同样重要（而且我得说，对我也是？），我反复检查了十几次我的结论，渴望找到错误。我要很遗憾地声称结论是成立的。然而，以科学之名，对于有关人类心智的知识和人工增长人类智能的法则，我很高兴自己能做些微薄贡献。

我记得您曾对我说过，对于知识的进步而言，实验失败或理论的证伪和成功同样重要。现在我知道这是真切的。只是，我很遗憾，我对这一领域的贡献必须建立在两位我极度敬仰的人的工作的余烬之上。

您真诚的，

查尔斯·戈登

附件：报告

6月5日

我不能情绪化。我的实验导出的事实和结果非常清晰，无论我自身的急速成长有多么轰动，都不能掩盖一个事实，那就是我们必须认为由施特劳斯与尼莫尔博士开发的通过外科手术技巧将智能提高三倍的技术对于人类智能提高几乎没有实用价值（在目前的阶段）。

我回顾阿尔吉侬的记录和数据，发现虽然它的肌体还在婴儿期，心智却已衰退。运动机能受损，腺体活动整体减弱，协调能力加速下降。

还有很强的进行性健忘症的症状。

正如我的报告所示，以上及其他生理和心理衰退符合应用我的公式后所得出的具有统计显著性的预测。

我们共同接受的手术刺激导致了一切心智活动的激化与加速。

预料之外的发展，我擅自称它为“阿尔吉侬-戈登效应”，是整个智能加速过程的符合逻辑的副作用。我所证实的假说可以简洁地总结如下：人工增长的智能的衰退速度与它的增长水平直接成正比。

我感到这件事本身是一个重要的发现。

只要我还能写字，我就会在进展报告中持续记录我的思考。这是我仅有的乐趣之一。然而，所有征兆都显示，我自身的心智衰退会非常快。

我已经开始察觉到情绪不稳定和健忘的迹象，那是消耗殆尽的最初症状。

6月10日

衰退在继续。我变得容易走神。阿尔吉侬两天前死了。解剖显示我的预测是正确的。它的大脑的重量减少了，脑回整体变得更加扁平，脑沟则更加深而宽。

我想同样的事情正在或已经在我身上发生。它已经确凿无疑，而我不希望它发生。

我把阿尔吉侬的遗体放在一个奶酪盒里，埋在了后院。我哭了。

6月15日

施特劳斯博士又来看我了。我没有开门，我让他走开。我想自己一个人待着。我变得暴躁易怒。我感到黑暗逼近。很难抑制自杀的念头。我不断告诉自己这些自省的日志有多重要。

这种感受很怪异，你拿起一本你几个月前还享受过阅读乐趣的书，却发现自己已经不记得了。我还记得我曾认为约翰·弥尔顿是多么伟大，但当我拿起《失乐园》，却发现完全无法理解。我太过愤怒，把书扔到了房间另一头。

我得设法留住一部分。我学到的东西中的一部分。哦，上帝，请不要把它们全拿走。

6 月 19 日

有时，在夜里，我会出去散步。昨晚我记不起我住在哪里，一个警察把我带回了家。我有种奇怪的感觉，这一切曾经在我身上发生过——很久很久以前。我不断告诉自己，全世界只有我一个人可以描述自己身上发生了什么。

6 月 21 日

我为什么记不住？我得斗争。我在床上躺了几天，不知道自己是谁在哪。然后一切都闪回到我脑海里。健忘症状。老龄化的表征——第二童年。我能看到它们的到来。如此残酷地符合逻辑。我学得太多太快。现在我的心智在迅速衰退。我不会让它发生。我得斗争。我控制不住地想起餐厅里的那个男孩，那空洞的表情，愚蠢的笑容，嘲笑他的人们。不——拜托了——不要再来一次……

6 月 22 日

我在遗忘我最近学到的东西。似乎符合那个经典规律——最新学的东西最先忘记。是这个规律吗？我最好再查查看……

我重读了一遍我的“阿尔吉侬-戈登效应”论文，有种奇怪的感觉，仿佛它是另一个人写的。有些部分我甚至看不懂。

运动机能受损。我不断被东西绊倒，打字越来越困难。

6 月 23 日

我彻底放弃了使用打字机。我的协调能力很差。我觉得自己的动作越来越慢。今天受到一个大打击。我拿起一本我在自己的研究里用到过的杂志，克鲁格的《心理学大观》，想看看能不能帮助我理解自己都做了些什么。一开始我以为自己的眼睛出了问题。然后我意识到我读不懂德语了。我试了试其他语言。都没了。

6 月 30 日

离上次我有勇气写东西已经过了一周。它就像沙一样从我的指缝里漏出去。我拥有的大部分书对现在的我而言都太难了。它们让我愤怒，因为我知道几周之前我还能阅读并理解它们。

我不断告诉自己，我得继续写这些报告，好让别人知道我身上发生了什么。但组织语言和记住拼写都越来越难。现在就连很简单的词我都得查字典，这让我对自己失去了耐心。

施特劳斯博士几乎每天都来看我，但我对他说我不会和任何人见面或讲话。他感到自责。他们都这样。但我不怪任何人。我本就知道可能会发生什么。但没想到我会感到如此痛苦。

7 月 7 日

我不知道这周去了哪儿。我知道今天是周日因为我能从窗户里看到人们去教堂。我想我一周都待在床上但我记得弗林太太给我送了几次吃的。我不断在说我得去干点什么，然后我就忘了或者仅仅是不去干我说自己要干的事情比较容易。

这些日子我常常想起我的母亲和父亲。我找到一张我和他们一起在沙滩上拍的照片。我父亲胳膊下夹着一个大球，我母亲用手搂着我。我记忆中的他们不是照片里那样。我只记得我父亲大部分时候都喝醉了然后和我母亲为钱吵架。

他不怎么刮胡子，总是在抱我的时候蹭到我。我母亲说他死了，但米尔蒂表哥说他听他父母说我父亲跟另一个女人跑了。我去问我母亲，她扇了我一耳光说我父亲死了。我应该从没弄清谁说的是真的但我不太在乎。（他有一次说要带我去农场看奶牛但他从没兑现。他从不遵守诺言……）

7月10日

我的房东弗林太太非常担心我。她说我这么成天躺着什么事都不干让她想起她把她儿子扔出家之前的情形。她说她不喜欢二流子。如果我生病了那好说，如果我是个二流子那就是另一回事了，她无法接受。我告诉她我觉得我病了。

我试着每天读一点点，大部分都是故事，但有时我得把同样的东西读好几遍因为我不明白它什么意思。写也很困难。我知道我应该在词典里查那些词但这太难了，我总是很累。

然后我想到我应该只用简单的词而不是那些又长又难的词。这样省时间。大约每隔一周我都会在阿尔吉侬的坟上放花。弗林太太认为我在一只老鼠的坟上放花是疯了，但我告诉她阿尔吉侬很特别。

7月14日

又是星期天。我没有什么事可忙活因为我的电视坏了而我没有钱去修。（我想我弄丢了实验室这个月给我的支票。我不记得了。）

我头特别疼，阿司匹林也没什么用。弗林太太知道我很不舒服，她为我难过。有人生病时她是个特别好的女人。

7月22日

弗林太太找来一个奇怪的医生看我。她怕我要死了。我告诉医生我没怎么不舒服我只是有时候会忘事。他问我有没有朋友或者亲戚我说我没有。我告诉他我曾有个朋友叫阿尔吉侬但它是一只老鼠我们曾经一起比赛。他看着我表情怪怪的好像他觉得我疯了。

我告诉他我曾是个天才他笑了。他对我说话就好像我是个婴儿他对弗林太太眨了眨眼。我生气了把他赶了出去因为他在捉弄我就像他们所有人曾经做的一样。

7 月 24 日

我已经没钱了弗林太太说我要去找个工作付房租因为我已经有两个月没付了。除了我在多尼甘塑料盒公司的工作以外我不知道别的工作。我不想回去因为他们都知道我聪明的时候是什么样他们可能会笑我。但我不知道还能去哪弄钱。

7 月 25 日

我在看我以前写的进展报告可笑的是我看不懂我写了什么。我能看明白一些词但它们没有意义。

吉妮安小姐来敲门但我说走开我不想见你。她哭了我也哭了但我没让她进来因为我不想她笑我。我对她说我不喜欢她了。我对她说我不想变聪明了。那不是真的。我仍旧爱她我仍旧想变聪明但我只能那么说那样她才会走。她给弗林太太钱付房租。我不想那样。我得找个工作。

拜托了……请不要让我忘记如何读写……

7 月 27 日

我回去问多尼甘先生我能不能像以前那样干清洁工他人很好。一开始他很怀疑但我告诉他我怎么了然后他看上去很悲伤然后把手放在我肩膀上说查理 · 戈登你真了不起。

我到楼下开始像过去一样扫卫生间所有人都看着我。我对自己说查理如果他们笑话你不要生气因为你要记得他们不像你曾经已为的那样聪明。而且他们曾经是你的朋友如果他们笑过你也不意味着任何事情因为他们也曾喜欢你。

有个在我离开之后新来的人嘴很贱他说喂查理我听说你脑子特好使是个神童。说点聪明话。我感觉很差但乔・卡普过来抓住他的衬衫说让他一个人待着你这混蛋要不然我扭断你的脖子。我没想到乔会站在我这边我猜他真的是我的朋友。

之后弗兰克・赖利过来说查理如果有人烦你或者试着利用你你就跟我和乔说我们会对付他。我说谢谢弗兰克然后我哽住了我只能转身走进库房不让他看到我哭。有朋友真好。

7 月 28 日

今天我做了一件笨事我忘记了我不再像以前那样是吉妮安小姐在成人中心的课上的学生了。我走进去坐在我以前在房间后面的座位上她看着我表情怪怪的她说查尔斯。我不记得她以前这样叫过我只有查理然后我说你好吉妮安小姐我准贝好上今天的克了只是我弄掉了我们在用的读本。她开时哭跑出了房间所有人都看着我然后我发现他们不是我以前课上的那些人。

然后突然之见我想起了关于手术的事还有我变聪明然后我说我的天那时我对付查理・戈登可真有一手。在她回来之前我就走了。

所以我还是离开纽约比较好。我不想在做那样的事。我不想让吉妮安小姐为我难过。公厂的没个人都感到难过我也不想那样所以我要去一个地方在那里没有人知道查理・戈登曾经是个夫才但他现在连度一本书和好好些字都做不到。

我带了及本书然后虽然我没法度我会努力练刁也许我不会忘掉

我学到的所有东西。如果我争的很努力也许我会比做手木之前的我更聪明一写。我有我的免子脚和我的辛运硬币也许它们会帮我。

如果你能度到这个吉妮安小姐不要为我难过我很高兴我有第二次几会变聪明困为我学了很多我从不只道这世上有的东西我很感谢我看到了它们所有一小会儿。我不知道我为什么有变笨了我做错了什么或者只是困为我还不构努力。但如果我试一试练刁很努力也许我会变的聪明一写然后知道那些词的意思。我记得一写当我度那本封皮破掉的蓝书时我感觉多好。这就是为什么我还要试着变聪明这样我就能在有那种感觉。不管怎么说我想我是世界上第一个为可学做了公现的笨人。我记得我做了些什么但我不记得是什么。所以我才我是为所有像我一样的笨人做的。

在见吉妮安小姐施特劳斯博士和所有人。以及附言请告诉尼莫尔博士当人门小他的时候不要烦这样他就会有更多朋有。如果你让人门小你交朋有就很容易。我要在我去的地方交很多朋有。

再附言如果你有几会请在后园阿尔吉侬的坟上放一点华……

（小绿　译）

身份问题

亨利·库特纳的笔名无处不在（有一些是和他的妻子 C. L. 穆尔共用的）——其中最著名的是刘易斯·帕吉特和劳伦斯·奥唐奈——以至于后起的作家们时常被误认为是库特纳的笔名。杰克·万斯便是其中之一，他的第一篇小说《世界思想家》（"The World Thinker"）是他在第二次世界大战期间于商船队服役时写的，1945 年发表在《惊险神奇故事》这本杂志上。

万斯在旧金山出生、长大，在加利福尼亚大学先后学习了采矿工程、物理和新闻专业，于 1942 年获得了学士学位。他写过剧本和悬疑小说，但他的声誉来自科幻小说的创作。从 1946 年开始，他便全身心投入这一行业，并很快在其中确立了稳固的地位。

万斯的第一本书《濒死的地球》（*The Dying Earth*，1950）讲的是一系列关于遥远未来魔法的奇幻故事，《主世界的眼睛》（*The Eyes of the Overworld*，1966）也是。20 世纪 50 年代初，他为《惊人故事》（*Startling Stories*）、《惊险神奇故事》和《太空故事》（*Space Stories*）等杂志写了许多冒险小说。这些小说展现了他在人类学和社会学方面的兴趣和专长。这些小说后来以《大星球》(*Big Planet*, 1957)、《树之子》(*Sons of the Tree*, 1964)、《克劳的奴隶》(*Slaves of the Klau*, 1958)和《伊兹姆的房子》(*The Houses of Iszm*, 1964)为题出版成书。在万斯其他早期的小说中，他还探讨了不朽——《永生》(*To Live Forever*, 1956)和语言学——《鲍星的语言》(*The Languages of Pao*, 1958)。

然而，万斯最大的成功始于他在1963年问鼎雨果奖的短篇小说《龙的主人》("The Dragon Masters")。他的中篇小说《最后的城堡》("The Last Castle")在1967年同时赢得了雨果奖和星云奖。他是个多产的作家，他在20世纪60年代中期之后的小说都是成套出版：始于《星际之王》(*The Star King*, 1964)的"恶魔王子"系列、始于《查施之城》(*City of the Chasch*, 1968)的"冒险星球"系列、始于《阿诺姆》(*The Anome*, 1973)的"杜尔丹"三部曲、始于《特鲁里恩：阿拉斯托2262年》(*Trullion: Alastor 2262*, 1973)的"阿拉斯托"系列、始于《苏德伦的花园》(*Suldren's Garden*, 1983)的"莱内斯"奇幻系列、始于《阿拉姆坦站》(*Araminta Station*, 1987)的"卡德瓦尔编年史"系列。

万斯于1996年被美国科幻和奇幻作家协会授予大师称号。

万斯描写外星社会的技巧在《月蛾》("The Moon Moth")中得到了最好的体现。读者从这样的故事中获得的快乐来自对人（或者生物）自我组织的不同方式以及这种方式如何影响其价值观的有趣推测。这个故事之所以成功，是因为作者对那个社会展开的想象透彻而又连贯。布赖恩·W.奥尔迪斯的《黑暗光年》(*The Dark Light Years*, 1964)和厄休拉·K.勒古恩[1]（Ursula K. Le Guin）的《黑

1. 美国重要科幻、奇幻作家，青少年儿童文学作家。代表作有"地海"系列等。

暗的左手》(*The Left Hand of Darkness*, 1969)也都是这种类型的社会学探索。在前者中，外星人给排泄赋予了神圣的地位，一如我们对待饮食；在后者中，人在一个月的大部分时间里是中性的，只在所谓的“克母恋期”变成男性或者女性。在罗伯特·西尔弗伯格的《变革的时代》(*A Time of Changes*, 1971)中，个人主义(乃至相应的人称代词)是不可想象的。

《银河》是一份极其重视社会科幻的杂志。《月蛾》刊登在其1961年8月刊上，描绘了一幅关于未来社会的详尽图景。在那个社会所在的世界，生活是轻而易举的事情，于是人们有闲暇为日常生活和交流精心制定繁复的礼仪规范。万斯为“塞琳”社会设计的美中不足之处是夜人——夜间从山上下来抢劫和谋杀的野蛮人——他们迫使社会中的其他人保持警惕。

小说所提供的丰足和闲适造就了与我们的社会体系迥然不同的面貌：唯一的交换媒介是“斯特拉柯”，它被定义为“声望，脸面，名望，名誉，荣耀”，而货品以礼物的形式被交换，给予者和接受者都会从中获得荣誉。复杂的社会系统的主要特征是使用面具来表明身份，在乐器的伴奏下以歌代言，乐器的选择取决于说话者的身份以及对话双方之间的关系。

如果这听起来让读者感到困惑，那么派驻这个陌生世界的领事代表埃德沃·提塞尔也是一样摸不着头脑。他必须学会理解这个社会，并以它的方式交流，才能履行自己的职责。在这种情况下，又有一名刺客有待抓捕。但是，在一个人人都一直戴着面具的世界里，提塞尔该如何识别他呢？在风俗对他来说仍然陌生，而交流的尝试只会让他陷入更深的个人困境时，提塞尔又如何完成他的任务呢？

提塞尔解决身份识别问题时的足智多谋，早期社交问题引发的事件拯救其生命时蕴含的机巧，以及他最终得以获得地位的能言善辩——这些都成了读者研究那个社会获得的回报。但是如果离开了设置好情境并赋予故事丰富性、可信性和必要的复杂性的社会背景，这些回报便不可能实现。

优秀的读者喜欢其中的智慧和创造性：万斯提到了提塞尔需要学习的多种乐器，命名了十四种，并描述了其中的大部分以及它们的社会用途——通常是在脚注中。对面具的描写则更加用心，考辨了它们的多样性和它们在这个社会中的必要地位：万斯列举了三十六种面具的名字，提到了另外四种，描述了它们中大多数的外观。不仅虚构之物众多，作者还以翔实的笔触描写了其他生活细节及其产生的影响。在小说的开头，作者对船屋的关注赶得上在一部经过充分研究的历史小说中对船只的描述。最终，这个社会对读者来说就像对提塞尔一样真实。当他逐渐习惯这个社会时，他发现自己对“拖曳鱼”裸露的面孔感到震惊；当另一个异星人对他言辞不当时，他感觉被冒犯了。

在一段模仿格列佛从慧骃国获救后与“耶胡”们在一起的经历的文字中，一个异星人士面对离开塞琳的念头，颤抖着说：“回到人人露脸的世界。脸啊！到处都是瞪着眼睛的大白脸。嘴巴像果浆，鼻子上又有疙瘩又有洞，脸又平又松弛。”

在一群塞琳人面前，当那名所谓的刺客被描述为“谋杀、背叛、破坏船只、折磨、勒索、抢劫、将儿童贩卖为奴”时，一个塞琳人打断了他的话，说“你们的宗教差异并不重要”。唯一重要的是人在当前社会情境下的“罪行”。

《月蛾》带给读者的是一种丰富的阅读体验，除了科幻小说，其他类型的作品很难实现这一点。

（秦鹏　译）

月蛾

[美国]杰克·万斯

这艘游艇是按照最严格的塞琳工艺标准建造的，也就是说，它接近人类肉眼所能感知到的绝对完美。蜡质黑木板材上看不到接缝的存在，紧固件用的是白金埋头抛光铆钉。风格方面，船体庞大宽敞，像海岸一样稳定，线条没有笨重或者松弛的感觉。首舷像天鹅的胸脯一样凸起，船首高昂，然后向前弯曲，支撑着一个铁灯笼。门是用一种黑绿两色斑驳的木片雕刻而成的；窗户分成了许多窗格，镶着方形云母块，蓝色、淡绿色和紫罗兰色当中浮现出彩色的玫瑰图案。首舷处有服务设施和奴隶营房；船中部有两间卧室、一间餐厅和一间客厅，舱门通往船首的观景台。

这就是埃德沃·提塞尔的游艇，但是他并没有因为拥有它而感到快乐或者骄傲。这已然是一艘破旧不堪的游艇。地毯上没有了绒毛，雕花的屏风被削掉了，船头的铁灯也生锈了。七十年前，第一任主人在接受这艘船的时候，对建造者表示了敬意，也接受了对方的回敬。交易（因为这个过程的含义远不止简单的给予和索取）增加了双方的声望。那段时间早已经过去了：现在这艘游艇不会带来任何声望。埃德沃·提塞尔只在塞琳住了三个月，便意识到它的不足，但又无能为力：这已经是他所能得到的最好的游艇了。他坐在后甲板上练习甘佳，一种形似齐特琴但比他的手大不了多少的乐器。在岸边一百码，海浪冲刷出一片白色的沙滩。在玫瑰丛林之外，天空映衬着崎岖山丘黑色的轮廓。头顶上，米雷耶的白色光芒模模糊糊的，仿佛被蒙上了一团蜘蛛网。洋面涌来涌去，泛着珍珠母的光泽。这个场景已经变得和甘佳一样熟悉，但又不像甘佳那么无聊。他已经练习了两个小时，拨弄出塞琳音阶、组成和弦，并演进出简单的音律变化。现在，他放下了甘佳，又拿起了扎沁科，这是一种装着按键的小盒子，用右手演奏。按键上的压力迫使空气流过按键自身内部的管道，产生一种类似六角琴的音调。提塞尔很快地按出了十来个音阶，只犯了很少的错误。在他自己准备学习的六种乐器中，扎沁科已经被证明是难度最小的（当然，也有例外，那就是海默金，一种用木头和石头发出敲击、拍打和碰撞声音的乐器，只供奴隶使用）。

提塞尔又练习了十分钟，便把扎沁科放在一边。他弯曲手臂，活动活动酸痛的手指。自从他来到这里，醒着的每一刻都被用来练习乐器了：海默金、甘佳、扎沁科、基夫、斯特拉潘、戈玛帕德。他在十九个声调和四种调式下练习音阶，没有曲子的和弦，在母星上从来想象不到的音程。颤音、琶音、连音，点停和鼻音，泛音的阻尼和增强，颤音和狼音，凹音和凸音。他带着一种顽强、玩命的勤奋练习着。在这一过程中，他最初将音乐视为快乐源泉的认识早已消失。看着这六件乐器，提塞尔遏制着把它们都扔进泰坦尼克海的冲动。

他站起身来，穿过客厅、餐厅，沿着走廊经过厨房，走到前甲板上。他俯身在栏杆上，向下凝视着水下的围栏。奴隶托比和雷克斯正驾驭着拖曳鱼，为前往北方八英里外的藩做准备，这是每周例行的旅行。最年轻的鱼，也许是性子活泼，也许是喜欢找碴儿，在水里上翻下蹿。它流线型的黑色吻部劈开水，提塞尔看着它的脸，感觉到一种奇怪的疑虑：这条鱼没有戴面具！

提塞尔不安地笑着，手指抚着自己的面具，月蛾。毫无疑问，他已经习惯了塞琳的风俗！一条鱼裸露的脸能引起他的震惊，这说明他的适应已经达到了一个重要的阶段。

最后，鱼终于被驯服了。托比和雷克斯爬上了船，红色的身体闪闪发光，黑色的布面具紧紧地贴在他们的脸上。他们没有理会提塞尔，把围栏收好，起锚。拖曳鱼紧张起来，挽具拉紧了，游艇向北驶去。

回到后甲板，提塞尔拿起了斯特拉潘——一种圆形的声音盒，直径八英寸。四十六根线从中心的毂上呈辐射状延伸到圆周，在那里各自连接着一枚铃铛或者一根叮当棒。拨弄的时候，铃铛和叮当棒鸣声悠扬；扫弹的时候，乐器发出哐哐的声音，伴着叮当的脆响。如果具备一定的技巧，有些刺耳但又令人愉悦的不和谐音会产生一种表达的效果；但是在不熟练的人手上，声音就没那么富于内涵了，甚至可能接近随机的噪声。斯特拉潘是提塞尔掌握得最差的一种乐器，整个北上的旅程中他都在很专注地练习。

游艇沿着预期的路线靠近了浮城。拖曳鱼被约束住了，游艇被系在了泊位上。在码头上，一队闲人按照塞琳习惯，上下仔细勘察着游艇、奴隶和提塞尔本人的方方面面。提塞尔还不习惯这种带有侵犯性的检查，感觉到不安，而检查者们脸上一动不动的面具更是加深了这个感觉。他不太自在地调整好自己的月蛾面具，沿着梯子爬上码头。

一个蹲着的奴隶站起身来，用指节碰了碰他额头上的黑布，吟唱出一个三音调的询问乐句："在我面前的月蛾可是埃德沃·提塞尔大人？”

提塞尔敲了一下挂在腰带上的海默金，唱道：“我是提塞尔大人。”

“我有幸受到了托付，”奴隶唱道，“三个白昼，我在码头上等待，从黎明一直到黄昏；三个夜晚，我蹲伏在这一码头的木筏下面听着夜人的脚步声，从黄昏一直到黎明。终于，我看到了提塞尔大人的面具。”

提塞尔不耐烦地弹了海默金一声。“什么样的托付？”

“我带着一条消息，提塞尔大人，是要送给您的。”

提塞尔伸出左手，用右手弹奏着海默金：“呈上来。”

“马上，提塞尔大人。”

这条消息的标题是用粗大的字体写就的：

紧急通信！快！

提塞尔撕开了信封。消息是由世界间政策委员会首席执行官卡斯特尔·克龙马廷签署的。在正式的问候之后，他写道：

> **绝对紧急**执行下列命令！声名狼藉的刺客哈克嗖·昂马克，搭乘卡瑞娜·克鲁塞罗号，目的地藩，通用时间1月10日到达。你已经获得授权，在降落时对此人实施拘留和监禁。这些指令必须被成功执行。不得有失。
>
> **注意！**哈克嗖·昂马克极其危险。如有反抗，立即杀之，无须犹疑。

提塞尔沮丧地读着这条消息。作为领事代表，在前往藩的路途中，他可没有料到会有这样的事情发生。他觉得自己没有兴趣也没有能力对付危险的刺客。他若有所思地摸着面具带着绒毛的灰色脸颊。情况倒也不是全无希望，太空港的负责人埃斯特班·罗弗肯定会合作，说不定还会提供一排奴隶。

带着刚刚燃起的希望，提塞尔又读了一遍消息。1月10日，通用时间。他查阅了一个转换日历。今天，苦饮季的第四十天——提塞尔的手指沿着那一列往下移动，停了下来。1月10日。就是今天。

远处的隆隆声引起了他的注意。雾气中落下来一个形状无趣的物体：刚与“卡瑞娜·克鲁塞罗号”接驳回来的驳运飞船。

提塞尔又读了一遍消息，抬起头，仔细瞧着那艘飞船。哈克嗖·昂马克应该就在上面。五分钟后，他就会踏足塞琳的土地。登陆手续也许会耽搁他二十分钟。着陆场在一英里半之外，通过一条蜿蜒曲折的山路与藩相连。

提塞尔转向奴隶。“这条消息是什么时候到的？”

奴隶困惑不解地向前倾着身子。提塞尔弹奏着海默金用歌唱的方式复述了一遍问题：“这条消息，你享受监护它的尊荣有多久了？”

奴隶唱道：“我在码头等了很久，只在黄昏降临时才回到筏子上。如今我不眠的坚守得到了回报，我看到了提塞尔大人。”

提塞尔转身离开，在码头上急匆匆地走起来。无能又低效的塞琳！他们为什么没有把消息传达到他的游艇呢？二十五分钟——现在还剩下二十二分钟……

提塞尔在小广场上停住脚步，左顾右盼，希望出现一个奇迹：某种空中载具把他带到太空港，然后在罗弗的帮助下，他仍然有可能在那里扣住哈克嗖·昂马克。或者更棒的是，再来一条消息，告诉他第一条的命令取消了。出点事情吧，什么事情都行……但是，在塞琳是找不到空中汽车的，第二条消息也没有出现。

小广场的另一侧有一排简陋的永久性建筑，由石头和铁建成，以此来抵御夜人。这其中的一座建筑里住着一名驭兽师，提塞尔正瞧着，来了一个人，戴着珍珠和银打造的华丽面具，骑着一匹像蜥蜴一样的塞琳坐骑。

提塞尔猛地迈开脚步上前。还有时间。幸运的话，他还是有可能截住哈克嗖·昂马克的。他匆匆穿过了小广场。

驭兽师站在一排畜栏前面，焦躁地看着他的牲口，不时擦擦它们的鳞片，或者赶一赶虫子。有五头牲口处于最佳状态，每一头都有人的肩膀那么高，长着粗大的腿、厚实的身体、沉重的楔形脑袋。它们的前齿被人为加长，并几乎弯成了圆圈，上面挂着金环，身上的鳞片都被涂上了相间的双色：紫色和绿色，橙色和黑色，红色和蓝色，棕色和粉色，黄色和银色。

提塞尔上气不接下气地在驭兽师面前站定，伸手去拿他的基夫[1],然后犹豫了一下。这可以算是偶然的个人相遇吗？也许该用扎沁科？但是他打算提出的要求似乎又用不着那么正式的方式。干脆还是用基夫吧。他弹响了一根弦，却发现自己错误地拨到了甘佳。面具下，提塞尔咧开嘴，露出歉意的微笑。他与这名驭兽师的关系绝称不上亲密。他希望驭兽师性情随和，无论如何，当前情势之紧迫已经容不得他花时间去选择一种完全合适的乐器。他弹出了第二个和弦，然后尽可能发挥着情绪激动加呼吸困难加缺乏技巧的条件下的最高演奏水平，唱出了一个请求：“驭兽师大人，我急需一头迅疾的坐骑。请允许我从你的畜群中选择。”

驭兽师戴着一副相当复杂的面具，提塞尔看不出来那是什么图案：材料是上过清漆的棕色布和灰色的褶状皮革，前额上有两大块绿色和猩红色的球体，像昆虫的眼睛一样被分割成小块。他冲着提

1. 由五排弹性金属条组成，每排十四条，演奏技法包括触摸、扭转、拨动。——本篇所有脚注均为作者原注

塞尔盯了很长时间，然后相当夸张地选择了他的斯提米克[1]，演奏了一段带颤音和轮奏的精彩和声，不过其蕴含的重要意义并没有被提塞尔领悟。驭兽师唱道：“月蛾，我怕我的坐骑并不适合你这种人。”

提塞尔恳切地拨弄着甘佳。“绝不可能，它们看起来足堪此任。我非常匆忙，乐意接受任何一个套组。”

驭兽师奏出了一段纤柔的级式渐强音。“月蛾大人，”他唱道，“这些坐骑身体欠佳，卫生堪忧。你认为它们足以胜任你的差遣，令我倍感荣幸。我不能接受你赋予我的褒扬。而且”——说到这里，他换了一种乐器，在他的克鲁达奇[2]上敲出一声叮当脆响——“不知怎么的，我没能认出令我感觉与那个甘佳如此熟稔的良伴和工友。”

言下之意很清楚。提塞尔得不到坐骑。他转身朝着着陆场跑起来。在他身后，驭兽师的海默金咔嗒作响——也不知是对着驭兽师的奴隶还是他自己，提塞尔并没有停下来搞清楚。

上一任母星派驻塞琳的领事代表在尊达被杀。他戴着酒馆亡命徒的面具，与一个佩有缎带的戴着赤道态度面具的女孩搭讪。这是个失礼的行为，于是他立刻被一个红色造物主、一个太阳精灵和一个魔力大黄蜂斩掉了脑袋。刚从学院毕业的埃德沃·提塞尔被任命为他的继任者，并得到了三天时间来做准备。通常性情比较喜好默想，甚至比较谨慎的提塞尔把这一任命看作是一个挑战。他通过潜脑技术学习了塞琳语言，并发现它并不复杂。然后，他在《寰宇人类学杂志》上读到：

1. 三根装有活塞的槽形管的乐器。拇指和食指挤压袋子，迫使空气通过口器；中指、无名指和小指操纵滑块。斯提米克这种乐器非常适于表达冷静的退缩甚至不赞成的情绪。
2. 一种以树脂处理过的肠线为弦的方形小音箱。音乐家用指甲抓挠琴弦，或者用指尖敲击琴弦，以产生各种平稳的仪式化声音。克鲁达奇也是一种用来表达侮辱的乐器。

泰坦尼克沿岸的人口高度崇尚个人主义，这可能是因为丰饶的环境令群体活动失去了重要性。作为对这种特质的反映，他们的语言表达的是个人的情绪，是说话者在给定情况下的情绪态度。事实信息被认为是次要的伴随物。此外，这门语言是唱出来的，而且通常要有一种小型乐器的伴奏。因此，从藩或者尊达禁城的一个本地人口中确定事实真相是有一定难度的。人们能享受到优雅的咏叹调和利用数种乐器当中的某一种展现出来的惊人技艺。来到这个迷人的世界，除非情愿受到最严重的蔑视，访客就必须学会用当地人认可的方式来表达自己。

提塞尔在他的备忘录中记了一条：采购小乐器及其使用指南。他继续读下去：

无论何地，无论何时，食物都是充足的——虽不能说过剩，气候则温良宜人。因为有着丰富的种族能量和大量的闲暇时间，人们便专注于对错综复杂的追求。一切都要错综复杂。错综复杂的工艺，比如装点游艇的雕饰面板；错综复杂的符号，比如每个人所戴的面具；错综复杂的半音乐语言，能够精准地表达微妙的情绪和情感；最重要的是人际关系的错综复杂。声望，脸面，名望，名誉，荣耀：在塞琳语中被称作斯特拉柯。每个人都有他独特的斯特拉柯，这就决定了，当一个人需要一艘游艇时，人们会怂恿他去享用一座各处装点着宝石、雪花石膏灯、孔雀花彩陶和木雕的水上宫殿，或者只允许他不情愿地待在筏子上的废弃小木屋里。塞琳没有交易媒介，仅有的货币是斯特拉柯……

提塞尔摸摸自己的下巴，继续读：

人们任何时候都戴着面具，而且佩戴的面具要符合这样一个哲学，即一个人不应该被迫使用由他无法控制的因素强加在他身上的外表，而是应该自由地选择最符合其斯特拉柯的模样。在塞琳的文明地区——也就是泰坦尼克沿岸——一个人从来不会露出他的脸，这是他最基础的秘密。

照此来看，赌博在塞琳是闻所未闻的。通过利用斯特拉柯以外的方式获得好处对于塞琳人的自尊来说是灾难性的。在塞琳语中没有“运气”这个词。

提塞尔又记了一条：弄到面具。博物馆？戏剧协会？

他读完那篇文章，急忙完成了准备工作，第二天，他登上“罗伯特·阿斯特罗伽特号”，踏上了前往塞琳的旅程。

驳运飞船落在了塞琳空港。黑色、绿色和紫色相间的山丘之间，空港就像个孤零零的黄玉盘。飞船落地，埃德沃·提塞尔向前走去，遇到了太空航线的当地代理人埃斯特班·罗弗。罗弗举起双手，后退了几步。“你的面具，”他声音沙哑地叫道，“你的面具在哪里？”

提塞尔有点不自在地举起了它。“我不确定——”

“戴上它。”罗弗说着，转开了脑袋。他自己也戴着一副面具。它是用无趣的绿色鳞片和涂着蓝漆的木头制成的，脸颊上插着黑色的羽毛，下巴下面挂着一个黑白格子花纹的绒球。整体营造出一种表面顺从、内心嘲讽的个性效果。

提塞尔把面具戴到脸上，还没有决定是要拿这个情况开个玩笑，还是保持与他的职位尊严相称的缄默。“你戴上面具了吗？”罗弗转头问道。

提塞尔给出了肯定的回答，罗弗转回身。面具遮住了他脸上的表情，但他的手却在不知不觉地拨弄着绑在腿上的一串键。乐器发出了一阵震惊和礼貌的惊愕。“你不能戴那个面具！”罗弗唱道，“事实上，你是在哪里，怎么得到它的？”

“波利伯里斯博物馆里一个面具的复制品。”提塞尔生硬地说，“我敢肯定它是真的。”

罗弗点点头，他自己的面具比以往任何时候都显得更加讽刺了。“它是真的。它是一种所谓‘海龙征服者’的变种，被那些有着极高威望的人在正式场合佩戴：王子、英雄、大师级工匠、伟大的音乐家。”

“我不知道——”

罗弗做了个懒洋洋的手势，表示理解。“这种事情你需要一定时间才能学会。注意我的面具。今天我戴的是一只冰湖鸟。威望很低的人——像你、我、任何来自外世界的人——都戴这种东西。”

“奇怪。”提塞尔说。他们正穿过田野，走向一个低矮的混凝土碉堡。“我以为一个人喜欢戴什么就戴什么呢。”

“当然。”罗弗说，“戴你喜欢的面具——只要你能让它站得住脚。比如这只冰湖鸟。我戴着它表明我没有任何僭越之心。我自认并不具有智慧、凶猛、多才多艺、音乐才能、好战，或者十几个塞琳美德中的任何一项。”

“权且假设一下，”提塞尔说，“如果我戴着这个面具走到尊达的大街上，会出什么样的事情？”

罗弗笑了，面具后传出的笑声有些发闷。“如果你戴着任何面具走上尊达的码头——不用说街道——你都会在一个小时之内被杀死。这就是你的前任本柯的遭遇。他不知道如何行止有度。我们任何异世界的人没有一个知道的。藩的人能容忍我们——只要我们能安分守己。但是如果你戴着现在这个面具，哪怕在藩的周边行走都不行。一些戴着火蛇或者雷妖——我指的是面具，你懂的——的人会找你的碴儿。他会演奏克鲁达奇，如果你没能用斯卡兰伊[1]——一种邪恶的乐器——演奏一段，回应他的厚颜无耻，他就会演奏海默金——我们对奴隶使用的乐器。这是表达轻蔑的终极方式。或者他可能会敲响他的决斗锣，然后当场攻击你。”

“我不知道这里的人脾气那么暴躁。”提塞尔压低了声音说。

罗弗耸耸肩，打开钢制的大门，走进他的办公室。“某些行为只要出现在波利伯里斯的广场上，便一定会招来批评。”

“是的，这千真万确。”提塞尔说。他环视了一下办公室，问：“这些安保措施是什么意思？又是混凝土又是钢筋的？”

“抵御野蛮人。”罗弗说，“他们晚上从山上下来，在岸上能偷的就偷，能杀的就杀。”他走到壁橱前面，取出了一个面具。“来，用这个月蛾，它不会给你带来麻烦。”

提塞尔态度冷漠地查看了一下那个面具。它是用老鼠颜色的毛皮做的，口洞的两边各有一绺毛发，前额上有一对羽毛状的触角。白色的花边在太阳穴旁边晃来晃去，眼睛下面挂着一串红色褶皱条，这直接产生了一种可悲又可笑的效果。

提塞尔问：“这个面具是否代表着某种程度的威望？”

“谈不上多大的威望。”

“毕竟，我是领事代表。”提塞尔说，“我代表的是母星，一千亿人——”

“如果母星想让他们的代表戴上海龙征服者面具，他们最好派出

1. 一种微型风笛，用拇指和手掌挤压气囊，四个手指控制四根管的音栓。

一个海龙征服者类型的人。”

“我明白了。”提塞尔声音柔和地说，“好吧，如果我必须……”

提塞尔摘下海龙征服者，把更低调的月蛾戴到脸上时，罗弗礼貌地移开了视线。“我想我可以到某家商店找到更合适的，”提塞尔说，“有人跟我说，你只要进去拿走自己需要的东西就行，对吗？”

罗弗带着一种批判性的态度审视着提塞尔。“这个面具——至少目前来说——是完全适合你的。重要的是，在了解你想要的物品的斯特拉柯值之前，不要从商店里拿走任何东西。如果被一个低斯特拉柯的人免费取走了最好的作品，主人就会失去威望。”

提塞尔恼怒地摇了摇头。“所有这些事情都没人向我解释过！当然，我知道面具，以及工匠们用勤勉获得的威望，但是这种对威望的坚持——斯特拉柯，别管用哪个词……”

“没关系。”罗弗说，“过个一两年，你学到的东西就能让你行走自如了。我猜，语言你已经掌握了？”

“哦，是的。当然会说。”

“你演奏什么乐器？”

“嗯——我被告知，任何小乐器都可以，或者清唱也可以。”

“非常不准确。只有奴隶才会不要伴奏，直接清唱。我建议你尽快学习以下的乐器：用于对奴隶讲话的海默金、用于关系亲密的人或者斯特拉柯比你稍低的人的甘佳、用来进行轻松而礼貌的交谈的基夫、用于更正式沟通的扎沁科；用于社会地位次于你的人——或者如果你想冒犯某人时的斯特拉潘或者克鲁达奇；用于正式场合的戈玛帕德[1]或者双卡曼提[2]。”他考虑了一会儿。“克雷巴林、水琵琶和

1. 在塞琳使用的少数电子乐器之一。振荡器产生类似双簧管的音调，通过四个键进行调制、扼流、振动，以及变调。

2. 一种类似甘佳的乐器，只不过音调是通过在四十六根弦中的一根或者多根上扭转或者倾斜一盘经过树脂处理的皮革产生的。

斯劳伯也非常有用——不过也许你还是先学习其他乐器为好。它们至少提供了一种基本的沟通方式。”

“你是不是在夸大其词？”提塞尔问道，“还是在开玩笑？”

罗弗冷笑了一声。“完全没有。首先，你需要一艘游艇。然后你还需要奴隶。”

罗弗带着提塞尔步行一个半小时，沿着一条令人愉悦的小路从着陆场来到了藩的码头。路两旁的大树上结满了水果、谷物荚和饱含糖汁的液囊。

“此时此刻，”罗弗说，“藩只有四名异世界人，包括你自己。我带你去见维利巴斯，我们的商业代理。我记得他有一艘旧船，说不定会让你用。”

康利·维利巴斯已经在藩住了十五年，得到的斯特拉柯足够让他颇具威严地戴着南风面具。那是一个蓝色的圆盘，上面镶嵌着椭圆的青金石，周围环绕着闪闪发光的蛇皮。他比罗弗更热情、更亲切，不仅提供了一艘游艇，还提供了各种乐器和一对奴隶。

对方的慷慨令提塞尔很不好意思，他便结结巴巴地嘟哝了几句付钱之类的话，但维利巴斯用一种夸张的姿态打断了他。“我亲爱的朋友，这是塞琳。这样的小事不费分文。”

“但是一艘游艇——”

维利巴斯用他的基夫演奏了一小段宫廷序曲。“我得说实话，提塞尔大人。这条船旧了，有点寒酸。我不能再使用它，有损我的身份。”优美的旋律伴随着他的话语。“你现在还不需要操心身份。你需要的只是一个舒适安全的容身之所，避免被夜人抓到。”

“夜人？”

“天黑后在海岸上浪游的食人族。”

“哦，对。罗弗大人提到了他们。”

“可怕的东西。我们不会讨论它们。”他的基夫中发出了一段小颤音。“那么，说到奴隶，”他用食指敲打着面具的蓝色圆盘，做出一副深思熟虑的样子，“雷克斯和托比应该能为你提供良好的服务。”他提高了嗓门，在海默金上弹奏出一段轻快的声音。

出来了一个女奴隶。她身上缠着十来根束紧的粉色布条，脸上戴着精致的黑色面具，面具上珍珠母的亮片闪闪发亮。

接着他又开始唤雷克斯和托比。

两名奴隶出现了，戴着松松垮垮的黑布面具，穿着黄褐色的无袖上衣。维利巴斯用海默金弹奏着共鸣的咔嗒声与他们讲话，告诉他们要为新主人服务，否则就要送他们回他们出生的岛屿。他们匍匐在地，用柔软而沙哑的歌声表达了对提塞尔的效忠。提塞尔紧张地笑了笑，用塞琳语唱了一句。“到游艇上，把它打扫干净，带上食物。”

托比和雷克斯面具上的洞里透出茫然的目光。维利巴斯伴着海默金的乐声重复了这些命令。奴隶们鞠了躬，离开了。

提塞尔沮丧地打量着那些乐器：“我一点儿也不知道该怎么去学习这些东西。”

维利巴斯转向了罗弗问：“克肖尔怎么样？我们能不能说服他给提塞尔大人一些基本的指导？”

罗弗睿智地点点头说：“克肖尔可能会承担这项工作。”

提塞尔问：“克肖尔是谁？”

“我们这个外籍人士小团体的第四位成员。”维利巴斯答道，“人类学家。你有没有读过《灿烂尊达》《塞琳的礼制》《无面之族》？没有吗？真遗憾。都是很棒的作品。克肖尔的声望很高，我相信他会时不时地访问尊达。他戴着洞穴猫头鹰，有时候戴着星辰流浪者，甚至是聪明仲裁者。”

“他已经升级到了赤道蛇，”罗弗说，“带镀金獠牙的那个版本。”

“真的！”维利巴斯很惊讶，“好吧，不得不说这是他应得的。他是个好人，确实是个很棒的家伙。”他沉思着弹奏他的扎沁科。

三个月过去了。在马修·克肖尔的指导下，提塞尔练习了海默金、甘佳、斯特拉潘、基夫、戈玛帕德和扎沁科。克肖尔说，双卡曼提、克鲁达奇、斯劳伯、水琵琶和其他一些乐器都可以先放一放，等到提塞尔掌握了六种基本乐器后再学不迟。他借给提塞尔一些录音，上面记录的是在不同的心情和各种各样的伴奏下，一些值得注意的塞琳人谈话。这便可以让提塞尔学习当前流行的旋律，并在语调的细微差别、不同的节奏、交叉节奏、复合节奏、隐含的节奏和压抑的节奏中完美地体现出来。克肖尔声称，他发现塞琳的音乐是一项引人入胜的研究，而提塞尔也承认这是一个不容易被挖掘尽的主题。乐器的四分音提供了二十四种可供运用的音调，在一般使用的五种模式下，产生了一百二十个不同的音阶。然而，克肖尔建议，提塞尔主要专注于每一种乐器基本音调的学习，只使用两种模式。

除了每周去拜访马修·克肖尔，提塞尔并没有什么紧急的事务，于是他把游艇开到了南边八英里的地方，停靠在一个石岬的下风处。在那里，除了不断练习，提塞尔就过着田园诗般的生活。大海平静而清澈，海滩被灰色、绿色和紫色林木所环绕，如果他想伸展双腿，那里就是个近便的去处。

托比和雷克斯占据了前面的两间小卧室。提塞尔自己住在后面的客舱里。他偶尔会琢磨着再要一个奴隶，也许可以要个年轻的女性，给家里增加一点魅力和欢快的元素，但是克肖尔反对提塞尔那么做，担心会削弱他的专注程度。提塞尔勉强压下了这个念头，专心投入到对六种乐器的研究中。

日子过得很快。提塞尔从未厌倦过黎明和日落的壮丽景观，正午时分的白云和蓝色大海，SI 1-715 星团那二十九颗恒星熠熠生辉的夜空。每周去藩的旅行打破了单调乏味。托比和雷克斯准备食物，提塞尔去拜访马修·克肖尔的豪华游艇，以获得指导和建议。就在这时，在提塞尔抵达的三个月后，来了这条扰乱了常规的消息：哈克嗖·昂马克，刺客，密探，无情而狡诈的罪犯，来到了塞琳。“对此人实施拘留和监禁”，命令是这么说的。**注意！**哈克嗖·昂马克极其危险。如有反抗，立即杀之，无须犹疑。

提塞尔并未处于最好的状态。他小跑了五十码，觉得喘不上气来，便开始走，他穿过覆盖着白色竹子和黑色树蕨的低矮山丘，穿过点缀着黄色草果的草地，穿过果园和野葡萄园。二十分钟过去了，二十五分钟过去了，他的胃里翻江倒海，他知道已经太晚了。哈克嗖·昂马克已经着陆，说不定就沿着这条路向藩赶去呢。但是一路上提塞尔只遇到了四个人：一个戴着假作狰狞的艾克岛民面具的男孩，两个分别戴着红鸟和绿鸟的年轻女人，还有一个戴着林妖面具的男人。见到这个人，提塞尔一下子站定了。他会不会是昂马克？

提塞尔想出了一个主意。他大胆地向那个人走去，盯着他那丑陋的面具。“昂马克，”他用母星的语言说，“你被逮捕了！”

林妖露出不解的目光，然后沿着道路继续往前走。

提塞尔挡在那人面前，伸手去拿他的甘佳，然后回忆起了驭兽师的反应，便改用扎沁科弹了一段和弦。“你从太空港沿路过来，”他唱道，“你在那里看到了什么？”

林妖抓住了他的手号角。这种乐器被用来在战场上嘲笑对手，或者用来召唤动物，或者偶尔用来表现随时准备出击的野蛮好战姿态。“我在哪里旅行，我看到了什么，只与我自己相关。退后，否则我从你脸上踩过去。”他向前走着，要不是提塞尔闪到一旁，林妖很可能把他的威胁变成现实了。

提塞尔后撤几步，站在那里凝视着对方。昂马克？不太可能，这个人对手号角太熟稔了。提塞尔犹豫了一下，转身继续赶路。

到达太空港后，他直接去了办公室。那扇沉重的门虚掩着，提塞尔走近它的时候，一个人出现在门口。他戴着一副深绿色的鳞片、云母板、蓝漆木和黑色羽毛做成的面具——冰湖鸟。

“罗弗大人，”提塞尔焦急地喊道，“谁从‘卡瑞娜·克鲁塞罗号’下来了？”

罗弗看了提塞尔很长时间，说：“你问这个做什么？”

“问这个做什么？”提塞尔说，“你一定看到了卡斯特尔·克龙马廷发给我的太空电报！”

“哦，是的。”罗弗说，“当然。当然看到了。”

“它半小时前才到。”提塞尔苦恼地说，“我尽快地赶过来。昂马克在哪里？”

“在藩吧，我想。”罗弗说。

提塞尔轻声骂了一句。“你怎么没把他扣住，想办法拖他一会儿呢？”

罗弗耸耸肩说：“我既没有权力，也没有意愿或者能力阻止他。”

提塞尔遏制住自己恼怒的情绪，尽可能平静地说：“在路上，我遇到了一个戴着可怕面具的人——碟状的眼睛，红色的垂肉。”

“林妖。”罗弗说，“昂马克戴着那个面具呢。”

“但是他演奏了手号角。”提塞尔提出异议，“昂马克怎么可能——”

“他很熟悉塞琳，他在藩待了五年。”

提塞尔恼怒地咕哝道：“克龙马廷可没有提到这一点。”

“这是常识。”罗弗耸了耸肩说道，“在维利巴斯接手之前，他是商业代表。”

“他和维利巴斯认识吗？”

罗弗急促地笑了一声。“那是自然。不过，不要疑心可怜的维利巴斯除了在账本上做手脚之外还有其他的罪孽。我向你保证他不是刺客的同谋。”

“说到刺客，”提塞尔说，“你有什么武器可以借给我吗？”

罗弗讶异地盯着他：“你什么家伙都没拿就来抓昂马克？”

“我没有选择，”提塞尔说，“克龙马廷下达命令的时候，他便期待着结果。不管怎样，你和你的奴隶们在这里。”

“别指望我帮忙。”罗弗焦躁地说，“我戴着冰湖鸟呢，我可不逞能。不过我可以借给你一把电动手枪。有阵子没用了，我不敢保证电还充足。”

“总比没有强。”提塞尔说。

罗弗走进办公室，过了一会儿拿着枪回来了，问道：“你现在打算怎么办？”

提塞尔疲倦地摇着头：“我要试着在藩找到昂马克。或者他会去尊达？”

罗弗考虑了一下，说：“昂马克也许能够在尊达生存下来。不过他有必要再练练自己的音乐能力。我想他会在藩待几天。”

“但我怎么才能找到他呢？我应该怎么入手啊？”

“这我可不敢说，”罗弗回答道，“要是找不到他，你可能会更安全。昂马克是一个危险分子。”

提塞尔沿来路回到了藩。

小路从山丘之间蜿蜒而下，到了开阔地处，路旁有一座墙壁厚实的夯土建筑。门是用一块坚固的黑色木板雕刻而成的，窗户上有扁铁条做防护。这里是曾是商业代理、进出口商康利·维利巴斯的办公室。提塞尔发现，维利巴斯正闲坐在铺着瓷砖的走廊上，戴着一副朴实的瓦尔德玛面具。他似乎陷入了沉思，也可能没有认出提塞尔的月蛾。不管怎样，他都没有做出丝毫问候的表示。

提塞尔走近门廊。“早上好，维利巴斯大人。”

维利巴斯心不在焉地点头，弹拨着他的克鲁达奇，用淡然的声音说：“早上好。”

提塞尔大吃一惊。这很难称得上用于朋友和同样来自异世界的伙伴的乐器，哪怕他戴着月蛾。

提塞尔冷冷地说：“我可以问问你在这里坐了多久了吗？”

维利巴斯考虑了半分钟，然后当他说话的时候，用的是更亲切的克雷巴林作伴奏。但是提塞尔的脑子里仍然回荡着克鲁达奇的和弦音。

“我在这里已经待了十五分钟到二十分钟。你为什么问这个？”

“我想问问你有没有注意到一个林妖从这里经过？”

维利巴斯点了点头：“我想他朝小广场那边过去了——进了第一家面具店。”

提塞尔的喘息在牙齿间嘶嘶作响。昂马克第一步肯定要这么做。“等到他换了面具，我就再也找不到他了。”他嘟囔着。

“这个林妖是谁啊？”维利巴斯带着漫不经心的兴趣问道。

提塞尔觉得没有理由对那个名字秘而不宣。“一个臭名昭著的罪犯：哈克嗖·昂马克。”

“哈克嗖·昂马克！”维利巴斯叫了一声，向后靠在了椅背上，“你确定他在这里吗？”

“我有理由相信。”

维利巴斯揉搓着颤抖的双手。“这是个坏消息——确实是坏消息！他是个无耻的恶棍。”

“你很了解他吗？”

“和任何人一样了解。”维利巴斯改用基夫作伴奏了。“我现在的职位之前是他的。我一开始是巡视员，发现他一个月挪用了四千元。我敢肯定他对我没有什么感激之情。”维利巴斯紧张地瞥了一眼小广场，“我希望你能抓住他。”

“我正在尽力。你说他去了面具店？”

“我确信。”

提塞尔转身离开。走上小路时，他听到黑色的木板门“砰”的一声关上了。

他走过广场，来到了面具商店，在外面停了一下，仿佛在欣赏店面展示：一百个微型面具，由稀有的木材和矿物雕刻而成，装点着绿宝石片、蜘蛛丝、黄蜂翅膀、石化鱼鳞等等。店里没有顾客，只有面具师在。他是个大块头，穿着黄色长袍，戴着看似简单的寰宇专家面具。那副面具是用两千多块木头铰接而成的。

提塞尔考虑了一下该说什么、该用什么伴奏，然后走了进去。面具师注意到了月蛾和提塞尔羞怯的态度，继续他的工作。

提塞尔选择了最简单的乐器，轻抚自己的斯特拉潘——可能不是最恰当的选择，因为它传达了一定程度的屈尊俯就。提塞尔试图用温暖、几乎是热情洋溢的语调来抵消这种感觉。发出一个错误的音符时，他动作怪诞地摇晃着斯特拉潘：“与陌生人打交道很有趣，他拥有我们不熟悉的习惯，激发着人们的好奇心。不到二十分钟前，一个陌生人走进了这个迷人的商店，用他那单调的林妖来交换这里组装的某件杰出而大胆的作品。”

面具师瞥了提塞尔一眼，没有说话，用一件提塞尔未曾见过的乐器演奏了一段和弦。乐器有一个柔性的袋子，握在手掌里，伸出三个短管夹在手指之间。当管子被挤压得几近关闭时，空气被迫穿过缝隙，就会产生一种类似于双簧管的音调。对于仍在学习中的提塞尔来说，这种乐器似乎很难演奏，但是面具师却游刃有余，音乐深刻地表达出不感兴趣的意义。

提塞尔再次努力，费力地摆弄着斯特拉潘。他唱道：“对于异星来客而言，听到乡音就如同枯萎的植物遇到了水。一个人若是能让两位异星人相遇，也许会在这样的怜悯之举中找到满足感。”

面具师把手指漫不经心地放在自己的斯特拉潘上，弹奏出一连串跌宕有致的音阶，指法快得让人目不暇接。他以正式的风格歌唱：“艺术家珍视他的专注时刻，不愿意花时间和那些平庸之人交换陈词滥调。”提塞尔试图插入一段反旋律，但是面具师敲出了一组新的复杂和弦，其预示的意义是提塞尔不能理解的。面具师接着唱道：“一个人来到店里，显然是第一次使用某件空前复杂的乐器，因为他的演奏有待批评。他唱到了乡愁，以及对看到同乡的渴望。他用月蛾掩饰他那巨大的斯特拉柯，因为他对一位手工艺大师演奏斯特拉潘，用轻蔑的声音歌唱。优雅而有创造力的艺术家无视这种挑衅。他演奏着礼貌的乐器，保持着不置可否的态度，相信这个陌生人会厌倦他的把戏，然后离开。”

提塞尔拿起了他的基夫，唱道：“高尚的面具师完全误解了我——”

面具师斯特拉潘断断续续的刺耳声音打断了他：“陌生人认为现在适合嘲笑艺术家的理解力。”

提塞尔在他的斯特拉潘上疯狂地挠着：“为了躲避炎炎酷暑，我走进一家朴实无华的小面具商店。工匠尽管还在因其工具的新颖而分心，却仍有志推陈出新。他非常努力地完善自己的技能，以至于他拒绝与陌生人交谈，无论对方需要什么。”

面具师小心翼翼地放下他的雕刻工具。他站起身来，走到屏风后面，很快戴着一副金和铁做成的面具回来了，模拟的火焰从他头皮上向上升腾。他一手拿着斯卡兰伊，另一只手拿着一把弯刀。他弹奏出了一连串精彩的狂野音调，并唱道："即使是最有成就的艺术家，也能通过杀死海怪、夜人和纠缠不休的闲人来增强他的斯特拉柯。这样的时刻即将到来。艺术家等待十秒再攻击，因为冒犯者戴着月蛾。"他转着他的弯刀，在空中打着旋。

提塞尔绝望地击打着斯特拉潘，唱："有没有一个林妖进过商店？他戴着新面具离开了吗？"

"五秒钟已经过去了。"面具师用稳定而不祥的节奏唱道。

提塞尔沮丧而愤怒地离开了。他穿过广场，站在那里，上下打量着那片开阔地。成百上千的男男女女在码头上闲逛，或者站在游艇的甲板上，每个人都戴着面具来表达自己的情绪、威望和特殊的属性，到处都是乐器的奏鸣。

提塞尔不知所措地站着。林妖消失了。哈克嗖·昂马克正在藩自由走动，而提塞尔没能完成卡斯特尔·克龙马廷的紧急指令。

身后响起了基夫轻松的音符。"月蛾提塞尔大人，你站着陷入了沉思。"

提塞尔转身，发现身旁站着一位洞穴猫头鹰，身穿一件黑灰两色的素色斗篷。提塞尔认出了面具，它象征着博学和对抽象概念的耐心探索。马修·克肖尔在他们一周前会面时戴了这个面具。

"早上好，克肖尔大人。"提塞尔说。

"你学得怎么样了？有没有掌握戈玛帕德上的降 C 音阶？我记得，你当时说这些转位音程很难掌握。"

"我钻研过，"提塞尔用阴郁的声音说，"然而，由于我可能会被召回到波利伯里斯，用在那上面的时间可能都白费了。"

“嗯？怎么回事？”

提塞尔说明了关于哈克嗖·昂马克的情况。克肖尔严肃地点点头。“我记得昂马克。他不是个和蔼可亲的人，却是一位优秀的音乐家。他指法很快，对掌握新乐器也有着真正的天赋。”他若有所思地捻着洞穴猫头鹰面具的山羊胡子，问：“你有什么计划？”

“根本没计划。”提塞尔说着，在基夫上弹出一段悲哀的短调，“我不知道他会戴什么面具。如果不知道他是什么样子，我又怎么能找到他呢？”

克肖尔摸着他的山羊胡子。“以前他喜欢外坎比亚星环，我相信他使用过一整套下界居民的面具。当然，他说不定已经换品味了。”

“说的是啊，”提塞尔抱怨道，“搞不好他就在二十英尺之外，而我也一无所知。”他痛苦地盯着广场对面的面具店。“没有人愿意告诉我任何事情。我疑心他们是否在意一个杀人犯正在他们的码头上行走。”

“非常正确，”克肖尔表示同意，“塞琳的标准与我们的不同。”

“他们没有责任感，”提塞尔说，“我怀疑他们是否会向一个溺水的人扔一根绳子。”

“他们确实不喜欢干预，”克肖尔表示赞同，“他们强调个人责任和自给自足。”

“很有趣，”提塞尔说，“但我仍然对昂马克毫无头绪。”

克肖尔严肃地看着他说：“如果你找到了昂马克，你会怎么做？”

“我要执行上级的命令。”提塞尔固执地说。

“昂马克是一个危险人物，”克肖尔沉思道，“他比起你来有很多优势。”

“我没法顾及这一点。把他送回波利伯里斯是我的责任。他很可能是安全的，因为我完全不知道该如何找到他。”

克肖尔思考了一下说："一个异世界的人不可能靠面具掩盖身份，至少骗不过塞琳人。在藩这里有我们四个人——罗弗、维利巴斯、你和我。如果又有一个异世界的人尝试安身立业，消息很快就会传开。"

"如果他去尊达呢？"

克肖尔耸了耸肩。"我怀疑他有没有这个胆量。话说回来——"这时克肖尔注意到提塞尔突然的失神，便停顿了一下，看向提塞尔注视的方向。

一个戴着林妖面具的人，在小广场上向他们大摇大摆地走过来。克肖尔一只手摁住了提塞尔的手臂，但是提塞尔已经上前挡住了林妖的路，借来的枪蓄势待发。"哈克嗖·昂马克，"他叫道，"不要动，否则我就杀了你。你被逮捕了。"

"你确定这是昂马克吗？"克肖尔忧心忡忡地问道。

"我会查出来的。"提塞尔说，"昂马克，转过身去，举起你的手。"

林妖惊异而困惑地站住，姿态僵直。他够到自己的扎沁科，奏出一段质问的琶音，唱道："你为什么要骚扰我，月蛾？"

克肖尔走上前，在他的斯劳伯上弹奏了一段安抚性的短调。"我担心发生了身份的错认，林妖大人。月蛾大人在寻找一个戴着林妖面具的异世界人。"

林妖的音乐变得怒气冲冲，他突然改用他的斯提米克。"他声称我是一个异世界的人？让他来证明他的观点，否则他将面临我直接的反击。"

克肖尔尴尬地瞥了一眼聚拢过来的人群，又一次奏起了逢迎的旋律。"我相信月蛾大人——"

林妖用斯卡兰伊奏出的序曲打断了他。"让他来证明他的观点，或者为流血做准备。"

提塞尔说："很好，我将证明我的观点。"他走上前，抓住了林妖的面具，“让我们看看你的脸，这将证明你的身份！”

林妖震惊地向后跳去。人群倒抽了口气，然后用各种乐器敲打、弹奏出各种不祥之音。

林妖把手伸到自己颈背，猛拉决斗锣的绳子，另一只手抓住他的弯刀。

克肖尔挺身而出，激动地弹奏着斯劳伯。现在已经很窘迫的提塞尔躲到一边，注意到了人群发出的难听声音。

克肖尔唱出解释和道歉，林妖做出回答。克肖尔转过头对提塞尔说：“跑吧，不然你会被杀死的！快点！”

提塞尔犹豫了一下，林妖举起手把克肖尔推到一边。“跑！”克肖尔叫道，“去维利巴斯的办公室，把自己锁在里面！”

提塞尔跑了起来。林妖追着他跑了几码，然后跺着脚，在他身后用手号角吹出一阵刺耳的嘲讽旋律。人群中的海默金纷纷咔嗒作响，发出了一种轻蔑的复调。

对方没有进一步追上来。提塞尔没去进出口办公室里避难，而是转到一旁，小心翼翼地观察了一下，然后到了他的游艇停泊的码头。

等到他终于回到船上的时候，时间已经接近黄昏。托比和雷克斯蹲在前甲板上，周围是他们带回的食物：一篮篮的水果和谷物，装着酒、油和辣汁的蓝色玻璃壶，关在柳条围栏里的三只小猪。他们正在咬碎坚果，把壳吐到一边。他们抬起头来看看提塞尔，仿佛以一种前所未有的悠闲态度站起身来。托比低声说了些什么，雷克斯轻声笑了起来。

提塞尔生气地拨弄着他的海默金，唱道：“把船离岸，今晚我们留在藩。”

回到自己的舱室，没有了旁人，他摘下了月蛾，盯着镜子里他自己都快要认不出来的容貌。他拿起月蛾，查看它令人厌恶的轮廓：

毛茸茸的灰皮，蓝色的刺，可笑的蕾丝花边。对于来自母星的领事代表来说，这东西基本谈不上有什么体面。如果等到克龙马廷得知昂马克的胜利之后，他还能留在这个职位上的话。

提塞尔一屁股坐到椅子上，心情郁闷，目光呆滞。今天他经历了一系列的挫折，但他还没有被打败，别管从哪个意义上来说。明天他会去拜访马修·克肖尔，他们会探讨寻找昂马克的最佳方案。正如克肖尔所指出的那样，异世界人员不可能悄无声息地定居下来，哈克嗖·昂马克的身份很快就会变得显而易见。另外，明天他还得再弄一个面具。不需要什么极端或者自负的样式，只要能表达一定程度的尊严和自尊就可以了。

就在这时，一个奴隶敲了一下门板，提塞尔急忙把讨厌的月蛾拉回自己的头上。

第二天一早，未等晨曦消逝，奴隶们便把船划回了码头上专供异世界人士使用的那一段。罗弗、维利巴斯和克肖尔都还没有来，提塞尔不耐烦地等着。一个小时过去了，维利巴斯把他的船开到了码头。提塞尔不想和维利巴斯说话，仍然待在自己的舱室里。

过了一会儿，罗弗的船也同样停在了码头旁边。透过窗户，提塞尔看到罗弗戴着他平常戴的冰湖鸟，爬上码头。他在那里遇到了一个戴着黄绒沙虎面具的人。他用戈玛帕德演奏了一段正式的伴奏，向罗弗传达了不知什么消息。

罗弗看上去惊讶而不安。过了一会儿，他就摆弄起自己的戈玛帕德，唱歌的时候，他指了提塞尔的游艇。然后，他鞠了一躬，继续上路。

那个戴着沙虎面具的人，笨拙而又不失尊严地爬上了浮舟，敲了敲提塞尔游艇的舷墙。

提塞尔走了出来。塞琳的礼仪并不允许他邀请一个偶然的访客，所以他只是在扎沁科上弹奏了一段问询的旋律。

沙虎弹奏着他的戈玛帕德，唱道："藩湾的黎明通常是一幕辉煌景象。白色的天空中闪耀着黄色和绿色的光华；米雷耶升起的那一刻，薄雾就像火焰一般燃烧、翻滚。若不是一个异世界人的浮尸搅扰风景的静谧，唱歌的人本该得到更大的乐趣。"

提塞尔的扎沁科几乎是自发地弹出了一段震惊的问询。沙虎很有尊严地鞠了一躬。"歌者自认性情坚定无人能及，然而，他也不在乎被一个冤魂的古怪行为所困扰。因此，他命令他的奴隶把一根皮带绑在尸体的脚踝上，在我们交谈时，他们已经把尸体拴在了你的船首。你尽可主持异世界所规定的任何仪式。歌者祝你早上好，现在就离开。"

提塞尔冲到船首。一个成熟男人的尸体靠着马裤里裹住的空气在那里漂着，几乎赤身裸体，没戴面具。

提塞尔研究了死者的脸，看起来没有什么特点，也没有生气——这可能是戴面具的习惯造成的。这个人身材和体重都属于中等，提塞尔估计其年龄在45岁到50岁之间。头发是毫无特色的棕色，面容因为泡水而肿胀。没有任何迹象能暗示这名男子的死因。

这一定是哈克嗖·昂马克，提塞尔想。还能是谁呢？马修·克肖尔？又有何不可？提塞尔不安地自问。罗弗和维利巴斯已经登陆忙他们的事情去了。他在海湾里搜寻克肖尔的游艇，发现它已经系泊在了码头上。就在他看着的时候，克肖尔正戴着他的洞穴猫头鹰面具跳上岸。

他看起来心不在焉，因为经过提塞尔的游艇时，他都没有把目光从码头上抬起来。

提塞尔转回身对着尸体。那么这就是昂马克了，毫无疑问。难道不是已经有三个人从罗弗、维利巴斯和克肖尔的游艇上下来，各自戴着他们特有的面具吗？很明显，昂马克的尸体……这个简单的解决方案拒绝在提塞尔的头脑中扎根。克肖尔曾经指出，另一个异世界的人很快就会被认出来。昂马克该怎么隐匿踪迹呢，除非他……提塞尔把这个想法抛在一边。尸体显然是昂马克。

但是……

提塞尔召集来他的奴隶，命他们把一个合适的容器带到码头，把尸体装起来转移到某个合适的长眠之所。奴隶们对这项任务没有表现出任何热情，提塞尔不得不用海默金猛烈地——如果说并非熟练地——强调了一番他的命令。

他沿着码头走，转而走上空地，路过康利・维利巴斯的办公室，沿着那条令人愉快的小道向着陆场走去。

到达之后，他发现罗弗还没有露面。一个公奴——黑布面具上的黄色玫瑰花饰标明了他的身份——问他是否可以效劳。提塞尔说他想要向波利伯里斯发送信息。

此事没有任何困难，奴隶表示。只要提塞尔以清晰的木刻印刷方式提供他的信息，那么信息将立即被发送出去。

提塞尔写道：

发现一名异世界人士死亡，可能是昂马克。48 岁，中等身材，棕色头发。其他的鉴定方法欠缺。等待确认和/或指示。

他注明这条信息要发送给波利伯里斯的卡斯特尔・克龙马廷，然后交给了那个公奴。过了一会儿，他听到了跨空间放电特有的噼啪声。

一个小时过去了。罗弗没有露面。提塞尔在办公室前不停地来回踱步。不知道他需要等待多长时间：跨空间传输的耗时是不可预测的。有时候信息在几微秒内就能送达；有时候它会在不可知的区域中游荡数小时；在传输之前，还要先接收几个经过验证的消息样本。

又过了半个小时，罗弗终于到了，戴着惯常的冰湖鸟面具。巧合的是，提塞尔听到了收到信息的嘶嘶声。

罗弗看到提塞尔似乎很惊讶，问："你怎么来得这么早？"

提塞尔解释说："这关系到你今天早上指给我的那具尸体。我正在和我的上级沟通。"

罗弗抬起头，听着收到信息的声音。"你似乎得到答复了。我最好处理一下。"

"费这个事干什么？"提塞尔问道，"你的奴隶应该就能做得到。"

"那是我的工作，"罗弗说，"我负责所有太空电报的准确传输和接收。"

"我和你一起去，"提塞尔说，"我一直想看看设备是怎么操作的。"

"只怕那不合规。"罗弗说着，走到通向内隔间的门，"我马上就给你消息。"

提塞尔提出抗议，但是罗弗没理他，走进了内室。

五分钟后，他带着一个黄色的小信封出来了。"这不是什么好消息。"他用不怎么令人信服的怜悯语气说。

提塞尔忧郁地打开信封，里面写着：

尸体不是昂马克。昂马克是黑头发。为什么没在着陆时抓住他？严重失职，对你非常不满意。下次机会返回波利伯里斯。

卡斯特尔·克龙马廷

提塞尔把消息放进口袋里，说："顺便问一下，你头发什么颜色？"

罗弗在他的基夫上演奏了一小段表示惊讶的颤音："我是金发啊。为什么问这个？"

"好奇而已。"

罗弗又在他的基夫上弹了一段。"现在我明白了。亲爱的伙计，你的疑心好重啊！看！"他转过身去，分开了自己脖颈儿处面具的褶皱。提塞尔看到罗弗确实长着一头金发。

"你放心了吧？"罗弗打趣地问道。

"哦，完全放心。"提塞尔说，"对了，你还有其他面具能借给我吗？我烦死这个月蛾了。"

"怕是没有，"罗弗说，"不过你找一家面具店选一选便是了。"

"是的，当然。"提塞尔说。他离开了罗弗，沿路返回藩。经过维利巴斯的办公室时，他犹豫了一下，然后转身走了进去。今天，维利巴斯戴着一副精美的面具，绿色玻璃棱镜和银色珠子令人眼花缭乱，提塞尔没见过这一副。

维利巴斯用基夫伴奏，小心翼翼地向他打招呼："早上好，月蛾大人。"

"我不会占用你太多的时间，"提塞尔说，"但我有一个相当私人的问题要问你。你的头发是什么颜色的？"

维利巴斯略一犹豫，然后转身背对着他，拉起了自己面具的勒口。提塞尔看到了又黑又密的长鬈发。"这能不能回答你的问题？"维利巴斯问道。

"完全能。"提塞尔说。他穿过了小广场，来到码头，朝克肖尔的游艇走去。克肖尔毫无热情地向他打招呼，懒洋洋地挥手请他上船。

"我想问一个问题，"提塞尔说，"你的头发是什么颜色的？"

克肖尔苦笑一声。“剩下的那一点是黑色的。你问这个干什么？”

“好奇。”

“说吧，说吧，”克肖尔说，他的直率令提塞尔有点不适应，“肯定不光是好奇而已。”

提塞尔感觉自己需要听听对方的意见，也就承认了。“情况是这样的。今天早上在港口发现了一个异世界人士的尸体。他的头发是棕色的。我不完全确定，但有可能——我想想，是的，昂马克的头发有三分之二的可能是黑色的。”

克肖尔摸着洞穴猫头鹰的山羊胡子，问：“你是怎么得出这个概率的？”

“这条信息是经过罗弗的手传达给我的。他有一头金发。如果昂马克已经僭取了罗弗的身份，他自然会修改今天早上传送给我的信息。你和维利巴斯都承认自己是黑头发。”

“嗯，”克肖尔说，“让我看看我是否领会了你的推理。你觉得哈克嗖·昂马克杀死了罗弗、维利巴斯或者我自己，然后冒用了死者的身份。对吧？”

提塞尔惊讶地看着他：“你自己也强调过，作为异世界人，昂马克不可能在不暴露自己的情况下在这里安身立命！你不记得了吗？”

“哦，当然。我们接着说。罗弗给了你一条信息，说昂马克是黑发，而且他声称自己是金发。”

“是的。你能确认一下吗？我是说老罗弗的发色。”

“不能。”克肖尔悲伤地说，“我从没见过罗弗或者维利巴斯不戴面具的样子。”

“如果罗弗不是昂马克，”提塞尔沉思着说，“如果昂马克的头发确实是黑色的，那么你和维利巴斯就都有嫌疑了。”

“很有意思。”克肖尔警惕地盯着提塞尔说，“要这么说的话，你自己也可能是昂马克。你的头发是什么颜色的？”

“棕色。”提塞尔简短地说。他掀起了后脑勺上月蛾的灰色毛皮。

“但是关于消息的内容，你可能在欺骗我。”克肖尔进一步指出。

“我没骗你，”提塞尔疲倦地说，“如果你愿意，你可以找罗弗确认。”

克肖尔摇了摇头，说：“没有必要。我相信你。但还有一个问题：声音呢？你在昂马克到达之前和之后都听过我们的声音。这方面没什么线索吗？”

“没有。我对你们的声音发生任何改变的迹象都很警觉。面具令你们声音发闷。”

克肖尔摸着山羊胡子说：“我认为这个问题没有现成的解决方案。”他咯咯地笑了起来，“无论如何，我们需要解决方案吗？在昂马克到来之前，有罗弗、维利巴斯、克肖尔和提塞尔。现在——从任何实用的角度来看——还是有罗弗、维利巴斯、克肖尔和提塞尔。谁能说新成员不会比旧的强呢？”

“有趣的想法。”提塞尔表示赞成，“然而识别出昂马克恰好与我的个人利益相关。我的职业生涯危在旦夕。”

“我明白了。”克肖尔喃喃地说，“这么说情况就变成了你和昂马克之间的问题。”

“你不打算帮我？”

“不会积极地帮你。我已经被塞琳的个人主义征服了。我想你会发现，罗弗和维利巴斯都会给你差不多的答复。”他叹了口气，“我们都在这里待得太久了。”

提塞尔站在那里陷入沉思。克肖尔耐心地等了一会儿，然后说：“你还有什么问题要问吗？”

“没有了。”提塞尔说，“我只是想请你帮个忙。”

“能做到的话我一定帮你。”克肖尔彬彬有礼地回答道。

“给我，或者借给我，你的一个奴隶，一两个星期。”

克肖尔用甘佳表达了一下他对这个要求的饶有兴致。“我不喜欢和我的奴隶分开，他们了解我和我的习惯——”

“只要我抓住了昂马克，我立刻把他还给你。”

“很好。”克肖尔说。他用海默金弹奏出召唤之音，一个奴隶出现了。“安东尼，”克肖尔唱道，“你要和提塞尔大人同行，服侍他一小段时间。”

奴隶不高兴地鞠了一躬。

提塞尔把安东尼带到了他的游艇上，对他进行了长时间的询问，并将他的某些回答记录到一张表上。然后，他吩咐安东尼不要提及发生的事情，把他交给了托比和雷克斯照管。他进一步指示将游艇驶离码头，在他回来之前不许任何人上船。

他再次沿路前往着陆场，看到了罗弗正在用午餐。他吃的是五香鱼、切碎的沙拉树皮，还有一碗当地的醋栗。罗弗用海默金敲出一条命令，一个奴隶为提塞尔安排了位置。“调查进展如何？”

“很难说有什么进展，”提塞尔说，“你可以帮助我吗？”

罗弗笑了笑说：“你可以得到我的美好祝愿。”

“来点实在的吧，”提塞尔说，“我想借用你的一个奴隶。暂时。”

罗弗暂停了进食问道：“为什么？”

“我不想解释，”提塞尔说，“但是我可以保证，我提出的请求都是有用的。”

罗弗带着毫无亲和力的态度叫来一个奴隶，指派他为提塞尔服务。

在回游艇的路上，提塞尔在维利巴斯的办公室停留了一下。

正忙着工作的维利巴斯抬起头来：“下午好，提塞尔大人。”

提塞尔开门见山地说：“维利巴斯大人，你能把一个奴隶借给我用几天吗？”

维利巴斯犹豫了一下，然后耸耸肩。“有何不可呢？”他弹奏了一下海默金，一个奴隶出现了。“这个可以吗？或者你更喜欢年轻的女性？”他咯咯笑了起来。在提塞尔看来，他笑得很讨厌。

“这一个足以胜任。我过几天就把他还给你。”

“不急。”维利巴斯做了一个随意的手势，继续他的工作了。

提塞尔回到游艇上，分别采访了他的两个新奴隶，并在图表上做了笔记。

夜幕降临在泰坦尼克海。托比和雷克斯驾船越过柔滑如缎的海面驶离码头。提塞尔坐在甲板上，听着轻柔的人语和各种乐器的嘈嘈切切。海面的游艇闪烁着黄色和暗淡水红色的灯光。岸边漆黑一片，夜人们马上就会偷偷摸摸地出来，在垃圾堆里挑挑拣拣，将妒恨的目光投向海面。

再过九天，按照常规的时刻表，“布温纳文托拉号”将经过塞琳。提塞尔接到了返回波利伯里斯的命令。他能在九天内找到哈克嗖·昂马克吗？

九天不算太多，提塞尔觉得，但也许已经足够了。

两天过去了，然后是三天、四天、五天。每天提塞尔都上岸，每天至少拜访一次罗弗、维利巴斯和克肖尔。

三个人对他的出现各有不同的反应。罗弗脾气焦躁，喜欢语带讥讽；维利巴斯言谈举止比较正式，至少表面上和蔼可亲；克肖尔性情温和而文雅，但是讲话却显得过于客观和超然。

对于罗弗的冷嘲热讽、维利巴斯的欢声笑语、克肖尔的超然物外，提塞尔保持着同样的淡然处之。每天回到游艇上，他都要在自己的图表上做标记。

第六天、第七天、第八天来了又去。罗弗非常粗鲁而直接地询问他是否打算乘坐“布温纳文托拉号”。提塞尔考虑了一下说：“好的，就麻烦你预订一个座位吧。”

“回到人人露脸的世界。”罗弗激动得直哆嗦，“脸啊！到处都是瞪着眼睛的大白脸。嘴巴像果浆，鼻子上又有疙瘩又有洞，脸又平又松弛。我觉得在这里住过之后，我已经受不了那个场面了。你很幸运，还没变成真正的塞琳人。”

“但我不会回去的。”提塞尔说。

“你说的让我预订座位呢。”

“是的。给哈克嗖·昂马克留的。他会回到波利伯里斯，在禁闭室里。”

“好吧，好吧。”罗弗说，“这么说你已经知道他是哪个了。”

“当然，”提塞尔说，“你还不知道吗？”

罗弗耸耸肩。“他要么是维利巴斯，要么是克肖尔，我最多也就能推测出这些了。只要他戴着面具，自称是维利巴斯或者克肖尔，对我来说就没有意义。”

“对我来说很有意义。”提塞尔说，“明天驳运飞船什么时候起飞？”

“11 时 22 分。如果哈克嗖·昂马克要离开，告诉他要准时。”

“他会来的。”提塞尔说。

他照例拜访了维利巴斯和克肖尔，然后回到自己的游艇，在图表上画了最后三个标记。

证据就在这里，简单明了，令人信服。这并不是绝对无可辩驳的证据，但足以让他有理由拿出一个明确的行动。他检查了他的枪。明天，决定性的日子。他不能犯错误。

晨光亮白，天色就像牡蛎壳的内部。米雷耶在色彩斑斓的薄雾中升起。托比和雷克斯把游艇划到码头上。另外三艘异世界人的游艇在平稳的波涛中漂浮着，令人昏昏欲睡。

其中一艘船提塞尔格外留意，它的主人已经被哈克嗖·昂马克杀死并扔进了港口。这艘船此刻正在向岸边移动，哈克嗖·昂马克本人站在前甲板上，戴着一个提塞尔以前从未见过的面具：由猩红色的羽毛、黑色的玻璃和绿色的针状毛发构成。

他不得不佩服他的镇定。聪明的图谋，设计得聪明，执行得也聪明——但是没能绕过一个难以克服的困难。

昂马克返回船舱。游艇到达码头。奴隶们扔出系泊索，放下了跳板。提塞尔走下码头，上了那艘船。他的枪已经在长袍的兜袋里面蓄势待发。他推开了大厅的门。桌子旁边的那个人惊讶地抬起了他的红黑绿三色的面具。

提塞尔说："昂马克，请不要争辩，也不要做任何——"

某个又硬又重的东西从后面打到了他。他被甩到地板上，枪被熟练地夺走了。

海默金在他的身后叮当作响，一个声音唱着："把这个傻子的胳膊绑起来。"

坐在桌旁的那个人站起身来，摘下红黑绿三色的面具，露出了奴隶的黑布。提塞尔扭过头来。哈克嗖·昂马克正站在他身旁，戴着一个面具。提塞尔认出来那是驯龙者，用黑色金属编织而成，有刀刃做的鼻子、嵌入的眼睑，还有头皮上三个前后排列的冠状突起。

面具后的表情无法辨认，但是昂马克的声音带着得胜后的扬扬自得。"我很容易就把你抓住了。"

"你做到了。"提塞尔说。那个奴隶把他的手腕捆在一起。昂马克的海默金咔嗒作响，把他送走了。"站起来，"昂马克说，"坐到那把椅子上。"

"我们还在等什么？"提塞尔问道。

“我们的两个同伴还出海未归呢。当然我们已经不需要他们来做我想做的事。”

“你想做什么？”

“到时候你就知道了。”昂马克说，“我们有一个小时左右的时间。”

提塞尔试了试挣脱自己身上的绑缚。毫无疑问，挣不开。

昂马克坐了下来。“你是怎么锁定我的？我承认我很好奇……说吧，说吧。”他对坐着不说话的提塞尔斥责道，“你难道还没意识到我打败你了吗？别给自己找不痛快。”

提塞尔耸耸肩。“我利用了一项基本原理。一个人可以蒙住他的脸，但掩饰不了他的个性。”

“啊哈，”昂马克说，“有意思。接着说。”

“我从你和另外两个异世界的人那里各借了一个奴隶，并且仔细地询问了他们。在你到达之前的一个月里，他们的主人都戴了哪些面具？我准备了一张图表，并标出了他们的回答。在 80% 的时间里，罗弗都戴着冰湖鸟，剩下的 20% 留给了抽象诡辩家和黑色复杂。维利巴斯偏爱坎达阐星环的英雄们，他大部分时间都戴着查勒昆、无畏王子和希文，八天里有六天戴这些，另外两天他戴着南风或者欢乐伙伴。较为保守的克肖尔更喜欢洞穴猫头鹰、星辰流浪者，以及他不定期戴的另外两三个面具。

“就像我说的，我从可能最准确的来源——奴隶那里获得了这些信息。我的下一步就是监视你们三个人。每天我都记下了你们戴什么面具，并与我的图表做比较。罗弗六次戴着他的冰湖鸟，两次戴着黑色复杂；克肖尔五次戴着他的洞穴猫头鹰，另外星辰流浪者、梅花点和完美理念面具各戴了一次。维利巴斯两次戴着翡翠山，三次三重凤凰，一次无畏王子，两次鲨鱼神。”

昂马克若有所思地点点头。“我明白我错在哪里了。我从维利巴斯的面具中挑选，却按照我自己的口味戴——正如你所指出的，我暴露了自己。不过只是对你暴露了。”他站起身，走到窗前。“克肖尔和罗弗现在已经上岸，他们很快就会过去，去忙他们自己的事情。不过我疑心他们无论怎样都不会干涉的，他们都已经变成了安分守己的塞琳人。”

提塞尔安静地等待着。十分钟过去了。这时昂马克走到一个架子前，拿起一把刀。他看了看提塞尔，说：“站起来。”

提塞尔慢慢起身。昂马克从旁边走过来，伸手提起了提塞尔头上的月蛾。提塞尔喘息着，企图抓住它。太迟了，他的脸已经暴露在外。

昂马克转过身去，摘下自己的面具，戴上了月蛾。他用海默金呼叫了一下。两个奴隶进来了，看到提塞尔，吓得停了下来。

昂马克演奏了一段轻快的军乐，唱道：“把这个人带到甲板上。”

“昂马克，”提塞尔喊道，“我没戴面具！”

奴隶们不顾他绝望的挣扎，抓住了他，把他带到了甲板上，然后沿着浮舟押到了码头上。

昂马克用绳子绕住提塞尔的脖子。他说：“你现在是哈克嗖·昂马克，我是埃德沃·提塞尔。

“维利巴斯已经死了，你很快也会死去。我可以毫不费力地处理你的工作。我会像夜人一样演奏乐器，像乌鸦一样唱歌。我要戴月蛾，直到把它戴烂，然后我再买一个。波利伯里斯会接到报告：哈克嗖·昂马克死了。一切归于平静。”

提塞尔几乎没听见。“你不能这么做，”他低声说，“我的面具，我的脸……”一个戴着蓝色和粉色花朵面具的大个子女人沿码头走来。她看到了提塞尔，发出一声刺耳的尖叫，扑倒在甲板上。

“来吧。”昂马克大声说。他拽着绳子，把提塞尔拉到码头上。

一个戴着海盗船长面具的人从他的游艇上站起来，惊讶地站在那里。

昂马克演奏了扎沁科，唱道："看这个臭名昭著的罪犯哈克嗖·昂马克。在所有的异世界里，他的名字被人唾骂。现在他被俘虏，将被可耻地处死。看，哈克嗖·昂马克！"

他们走到了小广场上。一个孩子吓得尖叫起来，一个男人声音嘶哑地喊了一声。提塞尔跌跌撞撞，泪水涌出了眼眶。他只能看到杂乱的形状和颜色。昂马克的声音抑扬顿挫、情感丰沛："大家都来看，外星球的罪犯，哈克嗖·昂马克！过来看看他被处死！"

提塞尔无力地喊着："我不是昂马克，我是埃德沃·提塞尔，他才是昂马克。"但是没有人听他的话，大家都在因为看到了他的脸而沮丧、震惊、厌恶地喊叫着。他向昂马克喊话："把我的面具还给我，哪怕奴隶布……"

昂马克兴高采烈地唱着："他曾在耻辱中生活，即将在没有面具的耻辱中死去。"

一个林妖站在昂马克面前。"月蛾，我们又见面了。"

昂马克唱道："站在一边，林妖朋友，我必须处决这个罪犯。他曾在耻辱中生活，现在要在耻辱中死去！"

人群围拢过来。一副副面具带着病态的快感盯着提塞尔。

林妖猛拽昂马克手上的绳子，把它扔到地上。人群咆哮着。有人喊道："不要决斗，不要决斗！处决怪物！"

一块布被扔到提塞尔的头上。提塞尔等待着尖刀的刺入。然而绑缚他的绳子被切断了。他匆忙地调整了布，遮住自己的脸，透过褶皱之间的缝隙觑向外边。

四个男人抓住了哈克嗖·昂马克。林妖站在他面前，演奏着斯卡兰伊。"一星期前，你试图脱掉我的面具，如今你实现了你变态的目的！"

“但他是个罪犯，”昂马克嚷道，“他臭名昭著，声名狼藉！”

“他的罪行是什么？”林妖唱道。

“谋杀、背叛、破坏船只、折磨、勒索、抢劫、将儿童贩卖为奴。他还——”

林妖阻止了他。“你们的宗教差异并不重要。不过，我们可以确证你现在的罪行！”

那个驭兽师走上前，恶狠狠地唱道：“这只傲慢的月蛾九天前想要抢占我最好的坐骑！”

另一个人走上前来。他戴着一副寰宇专家的面具，唱道：“我是一个大师级的面具制造者。我能认出这个戴月蛾的异世界人！就在最近，他走进我的店里，嘲笑我的技巧。他应该死！”

“异世界怪物去死！”人群喊道。一拨男人向前冲过来。钢刃有起有落，行动完成了。

提塞尔看着这一幕，身体都动不了了。林妖靠近他，严厉地唱道：“对你我们有怜悯，但也有轻蔑。一个真正的男人永远不会忍受这样的侮辱！”

提塞尔深吸一口气，把手伸到腰带上，找到了他的扎沁科。他唱道：“我的朋友，你中伤我！你难道不懂得真正的勇气吗？你愿意在战斗中死去，还是不戴面具在广场上行走？”

林妖唱道：“只有一个答案。我要选择在战斗中死去，我不能忍受这样的耻辱。”

提塞尔唱道：“我有过这样的选择。我可以用被缚的双手去战斗，然后死去——或者我可以忍受耻辱，通过这种耻辱征服我的敌人。你承认你缺乏足够的斯特拉柯来完成这件事。我已经证明了自己是勇敢的英雄！我要问，谁有勇气去做我所做的事？”

“勇气？”林妖反驳道，“我什么都不怕，哪怕是死在夜人的手中，我也不害怕。”

“那就回答我。”

林妖退后了。他演奏了他的双卡曼提。“如果你的动机确实如你所说，那就是勇敢。”

驭兽师敲了一连串柔和的戈玛帕德和弦，唱道：“在我们中间，没有一个人敢做这个无面具的人做过的事情。”

人群喃喃地表示赞同。

面具师走近提塞尔，奉承地弹奏着他的双卡曼提。“天哪，英雄老爷，请莅临我在附近的商店，把这肮脏的抹布换成一副配得上你的面具。”

另一个面具师唱道：“在你选择之前，英雄老爷，请检视我杰出的创造！”

一个戴着明亮天空鸟面具的人很虔诚地走近了提塞尔。“我刚完成了一艘豪华的游艇，十七年的辛苦工作成就了它的精致。请接受和使用这艘华美船只，这将是赐予我的好运。船上有警惕的奴隶和愉快的少女等待为您服务，在甲板上有充足的酒和柔软的丝毯。”

“谢谢你。”提塞尔说。他带着活力和信心敲击着扎沁科。“我欣然接受。但首先，我要一副面具。”

面具师在戈玛帕德上敲了一个疑问的颤音。“英雄老爷会不会认为海龙征服者配不上他的尊严？”

“绝不会。”提塞尔说，“我认为它配得上，我很满意。我们现在就去看一下。”

（秦鹏　译）

来自科幻界之外的观点

科幻迷们自傲地将科幻小圈子之外的、更为广泛的文学世界称为“庸俗的”世界，在这个世界看来，科幻小说似乎与外界隔绝，科幻小圈子内满是文学性不足的读者、杂志、习俗、聚会和小说。很多文学评论家不会去区分不同的类型文学，他们认为所有科幻文学都是公式化严重、不值得严肃考虑的小说。而那些会区分不同类型文学的评论家又常常将科幻小说和《巴克·罗杰斯》或《飞侠哥顿》等连环画，《超人》等漫画，《那个东西》或《哥斯拉》等所谓的“科幻”电影归为一类。这类观点中的一部分已经被科幻作家本身所接纳吸收。

一群更富有洞察力的评论家细致入微地观察了科幻小说这一题材，他们注意到科幻小说常常为了严肃的目的而创作，而且有时也富有文学技巧，他们看到科幻小说的主题并不是高度概要的写作公式，反而常常涉及一连串重要的问题。许多一般来说不会涉足科幻领域的作家都深入科幻小说常用的储备库中挖掘主题和隐喻。这些作家包括约翰·巴斯、皮埃尔·布尔、威廉·巴勒斯、安东尼·伯吉斯、威廉·戈尔丁、约翰·海尔赛、多丽丝·莱辛、弗拉基米尔·纳博科夫、沃尔克·珀西、托马斯·品钦、安·兰德、约翰·威廉姆斯、赫尔曼·沃克和维尔高（真名让·布吕勒）。还要加上那些我们更熟悉的科幻小说职业写作的践行者，如阿道斯·赫胥黎（Aldous Huxley）、乔治·奥威尔（George Orwell）和库尔特·冯内古特[1]（Kurt Vonnegut, Jr.）。

其他作家独立从事创作，他们在需要的时候才会去查阅与科幻相关的资料，就好像他们去查阅寓言、神话、传说和史诗一样自然。这样的作者之一就是阿根廷短篇小说作家、诗人、散文家和大学教授豪尔赫·路易斯·博尔赫斯。

博尔赫斯出生于布宜诺斯艾利斯，有西班牙、英国和极少的葡萄牙犹太人血统。他创作的小说似乎并不太像是西班牙文学或者拉丁美洲文学，更像是世界性文学。第一次世界大战期间，博尔赫斯以 15 岁之龄和家人旅居欧洲，在瑞士日内瓦接受了中学教育。1919 年至 1921 年间，博尔赫斯在西班牙旅游，接触到了激进主义文学团体。他在 1921 年回到阿根廷，开始创作简洁的自由诗，其中大部分都是关于布宜诺斯艾利斯的。他还开始撰写文学批评、形而上学和语言学方面的学术论文。1930 年前，他已经出版了三卷诗歌集和三卷论文集。

然而 1930 年起，博尔赫斯实际上已经离开了诗坛，在后面十年中转而创作并打磨短小精悍的记叙文，这些文章在气氛和感染力上都适合所有人阅读。1938 年，他被任命为布宜诺斯艾利斯的一座政府小图书馆的图书管理员，但在 1946 年因为政治原因丢了这份

---

1. 美国作家，黑色幽默文学的代表人物之一。创作灵感多来自其在第二次世界大战时在德累斯顿战俘营的经历，作品多关注时事和社会主题。长篇小说《泰坦星的海妖》（*The Sirens of Titan*，1959）和《猫的摇篮》（*Cat's Cradle*，1963）均曾获雨果奖提名。

工作。博尔赫斯在 1935 年出版了第一部短篇小说集，在 1941 年出版了《小径分岔的花园》，在 1944 年出版了最为知名的短篇小说集《虚构集》，在 1949 年出版了《阿莱夫》。《博尔赫斯全集》以三卷本的形式出版于 1954 年，《博尔赫斯小说集》出版于 1998 年。

1955 年，庇隆政权垮台[1]，博尔赫斯被任命为阿根廷国家图书馆馆长，并在之后一年被任命为布宜诺斯艾利斯大学英国与北美文学系主任。但视力衰退和其他伤痛减少了他在文学上的产出。他的首批英译本作品集在他的文学生涯中姗姗来迟：1962 年，《虚构集》出版英译本，《迷宫》于同年出版，并在 1964 年出版修订版。博尔赫斯于 1986 年去世。

博尔赫斯从未写过长篇小说，他认为，“写完一本大部头的书是费力而又令人文思枯竭的奢侈浪费”。而他的短篇小说简洁得令人难以相信。他对英文和科幻小说都有很强的掌控力，而且特别崇拜爱伦·坡和 H. G. 威尔斯。他把 H. P. 洛夫克拉夫特[2]（H. P. Lovecraft）、海因莱因、范·沃格特和布拉德伯里写入了他编纂的《美国文学介绍》一书中。

据安德烈·莫洛亚[3]（André Maurois）所说，博尔赫斯的文学受影响于弗朗茨·卡夫卡[4]（Franz Kafka）。据博尔赫斯所说，卡夫卡在文学上又受影响于埃利亚的芝诺、齐克果和罗伯特·勃朗宁。莫洛亚指出，如果卡夫卡从来没有写过作品，那么没有人会意识到这些早年作家的作品中所使用的卡夫卡式写作手法。这正应了博尔赫斯所说的悖论之一：“每个作家都创造了自己的先驱。”

1. 因为严重的经济问题、民生问题、社会问题和宗教冲突，胡安·庇隆政府在 1955 年的军事政变中被推翻。
2. 即霍华德·菲利普斯·洛夫克拉夫特，美国恐怖、科幻与奇幻小说家，尤以惊奇小说著称。
3. 法国小说家、传记作家、史学家。
4. 奥地利作家。现代主义、表现主义文学的重要代表。主要作品有长篇小说《美国》《审判》《城堡》，短篇小说《变形记》《在流放地》《地洞》等。

博尔赫斯最好的、最受赞赏的短篇小说之中有数篇是幻想小说。博尔赫斯说，幻想文学只有四个基本要素：作品中的作品、梦境影响下的现实、时间之上的旅行和复制。这些幻想小说中的数篇被归为科幻小说。比如说，《特隆、乌克巴尔、奥比斯·特蒂乌斯》（“Tlön, Uqbar, Orbis Tertius”，1940）展示了一个由天文学家、工程师、生物学家、形而上学家和几何学家组成的秘密团体创造出的新世界，这个新世界开始侵占我们本来的世界；《巴比伦彩票》（“Lottery in Babylon”，1941）讲述了一个神秘的公司用一场运气游戏来分配好运气和坏运气的故事，这个游戏变得如此复杂，以至于和现实生活难以区分；《环形废墟》（“The Circular Ruins”，1940）讲述了一个做梦的人赐予他梦中之人生命的故事，但最后却发现做梦者只是在另外某个人的梦中；《博闻强记的富内斯》（“Funes, the Memorious”，1942）描述了一个记忆力臻至完美的人，以至于他可以像体验现在一样体验过去。

《通天塔图书馆》（“The Library of Babel”，1941）是一篇科幻小说，小说中大量的，甚至可能是无限的图书馆房间成为宇宙的一个隐喻。艾弗·罗杰斯（Ivor Rogers）指出，这个创意来自19世纪德国科幻作家库尔特·拉斯维茨（Kurd Lasswitz）。博尔赫斯则提到，这个想法在小说发表十年前的一篇关于萧[1]的论文中就被提到了，而这个创意本身可以追溯到13世纪的神秘主义者雷蒙·吕黎。这个创意也和近年提出的思想实验类似：一群猴子在打字机前随机打字，经过无限长的时间后就可以打出大英图书馆的全部藏书。但是博尔赫斯并不关心创意的原创性，他从未不愿意透露自己的创意来源。他认为，既然所有的作家差不多都是神灵的忠实抄写员，那么也就

1. 此处的萧（Shaw）应指萧伯纳（乔治·伯纳德·萧，即 George Bernard Shaw）。

没有人可以声称自己作品的原创性。

就像他的很多其他作品一样，《通天塔图书馆》读起来更像是一篇有许多脚注的小说化论文，人物描写很少——刚刚够将书中概念通过叙述者（或者说是小说化的论说文作家）的反应戏剧化地阐释出来，来解释他的作品中人物的处境。但是小说的创意和情节发展意味着一切，正如大部分科幻小说中一样：生命变为探索宇宙意义的尝试，书中被提出过、被考证过的理论和我们自身所在的现实之间存在着一种奇妙而且并非偶然的并行。我们的宇宙可能并不是这样的一座图书馆："它精确的中心是任何六角形，它的圆周是远不可及的。"但是很显然这个理论和爱因斯坦所提出的宇宙有限无界的理论并没有太大的不同。

这个概念是否可以让我们停下来思考一下？当博尔赫斯在写创造特隆的形而上学家时，他是不是在写他自己？他是这样形容这些人的："他们并不寻求真理或者可能性，他们只是在寻找令人惊异的事物。他们认为形而上学是幻想文学的一个分支。"

（赵佳铭　译）

通天塔图书馆

[阿根廷]豪尔赫·路易斯·博尔赫斯

用这种技巧可以悟出二十三个字母的变异……

《忧郁的剖析》[1]，第二部第二节第四段

宇宙（别人管它叫图书馆）由许多六角形的回廊组成，数目不能确定，也许是无限的，中间有巨大的通风井，回廊的护栏很矮。从任何一个六角形都可以看到上层和下层，没有尽头。回廊的格局一成不变。除了两个边之外，六角形的四边各有五个长书架，一共二十个，书架的高度和层高相等，稍稍高出一般图书馆员的身长。没有放书架的一边是一个小门厅，通向另一个一模一样的六角形回廊。门厅左右有两个小间。一个供人站着睡觉，另一供人大小便。边上的螺旋形楼梯上穷碧落，下通无底深渊。门厅里有一面镜子，忠实地复制表象。人们往往根据那面镜子推测图书馆并不是无限的（果真如此的话，虚幻的复制又有什么意义呢？）；我却幻想，那些磨光的表面是无限的表示和承诺……光线来自几个名叫灯盏的球形

1. 英国教士、散文作家罗伯特·伯顿的著作。

果实。每一个六角形回廊里横向安了两盏。发出的光线很暗，但不间断。

我像图书馆里所有的人一样，年轻时也浪迹四方，寻找一本书，也许是目录的总目录；如今我视力衰退，连自己写的字几乎都看不清了，我准备在离我出生的六角形不远的地方等死。死后自有好心的人把我扔到护栏外面去；我的坟墓将是深不可测的空气；我的尸体将久久地掉下去，在那无限坠落造成的气流中分解消失。我说图书馆是无休无止的。唯心主义者声称六角形的大厅是绝对空间，或者至少是我们对空间的直觉所要求的必然形状。他们解释说，三角形或五角形的大厅根本难以想象。（神秘主义者声称，他们心醉神迷的时候看到一个环形的房间，贴墙摆放着一部奇大无比的书，书脊浑然一体；但是他们说得不清楚，他们的证言值得怀疑。那部循环的书是上帝。）现在我只要引用经典论断就能说明问题：图书馆是个球体，它精确的中心是任何六角形，它的圆周是远不可及的。

每个六角形的每一面墙有五个书架；每个书架有三十二册大小一律的书；每本书有四百一十页；每面四十行；每行八十来个黑色的字母。每本书的书脊上也有字母，但字母并不说明书中内容。我知道这种毫无关联的情况有时显得神秘。在概括答案之前（答案的发现虽然具有悲剧意义，也许是故事的关键），我想追叙一些不说自明的道理。

首先，自从开天辟地以来，图书馆就已存在。任何头脑清醒的人都不会怀疑这一事实以及它所引出的必然结论，即世界将来也永远存在。人无完人，图书馆员可能是偶然的产物，也可能是别有用心的造物主的作品；配备着整齐的书架，神秘的书籍，供旅人使用的、没完没了的螺旋楼梯，以及供图书馆员使用的厕所的宇宙，只能是一位神的作品。只要把我颤抖的手写在一本书封面上的笨拙的符号，同书中准确、细致、漆黑和无比对称的字母做个比较，就能看出神人之间的距离有多么大了。

其次，书写符号的数目是二十五[1]。根据这一验证，早在三百年前就形成了图书馆的总的理论，并且顺利地解决了任何猜测所没能解释的问题：几乎所有书都有的不完整和混乱的性质。我父亲在一九五四区的一个六角形里看到的一本从第一行到最后一行全是MCV三个字母翻来覆去的重复。另一本（在该区中查阅频率很高）简直是一座字母的迷宫，但是倒数第二页却有一行看得懂的字：噢时间你的金字塔。由此可见，无数荒唐的同音重复、杂乱和不连贯的文字里只有一行看得懂或者直截了当的信息。（我知道一个未开化的地区，那里的图书馆员认为寻找书中意义是迷信而虚妄的做法，同详梦或看手相一样不可取……他们承认发明文字的人模仿了自然界的二十五个符号，但又认为文字的应用纯属偶然，书籍本身毫无意义。我们将在下文看到这种意见并非虚妄。）

长期以来，人们一直认为那些深奥莫测的书用的是古老或偏远地区的文字。最早的人，也就是首批图书馆员，使用的语言和我们现在使用的确实有很大差别；右面几英里远的六角形用的是方言，再高出九十层的六角形用的语言根本听不懂。我重复一遍，这一切确是事实，然而四百一十页一成不变的MCV不可能是什么语言，不管那种语言多么有地方性或者原始。有人暗示说，每个字母可能牵连后面的字母，第七十一页第三行的MCV不可能和另一页另一位置的MCV具有相同的意义，但是这个含糊的论点得不到支持。另有一些人考虑到密码书写；这一猜测得到普遍接受，虽然不符合发明那种文字的人的原意。

1. 原稿没有数字或大写字母。标点只限于逗号和句号。这两个符号，加上空格和二十二个字母凑成那个不知名的人所说的二十五个符号。——原注五百年前，高层一个六角形的主管人员[1]发现了一本难解程度不下于其他的书，但其中两页几乎完全相同。他请一位巡回译码专家鉴定，专家说书中文字是葡萄牙文；另一些人则说是意第绪文。过了将近一个世纪才确定那种文字：瓜拉尼的萨莫耶特-立陶宛方言，加上古典阿拉伯语的词尾变化。书中内容也破译了：用无限重复变化的例子加以说明的综合分析的概念。一个聪明的图书馆员根据那些例子可以发现图书馆的基本规律。那位思想家指出，所有书籍不论怎么千变万化，都由同样的因素组成，即空格、句号、逗号和二十二个字母。他还引证了所有旅人已经确认的一个事实：在那庞大的图书馆里没有两本书是完全相同的。根据这些不容置疑的前提，他推断说图书馆包罗万象，书架上包括了二十几个书写符号所有可能的组合（数目虽然极大，却不是无限的），或者是所有文字可能表现的一切。一切：将来的详尽历史、大天使们的自传、图书馆的真实目录、千千万万的假目录、展示那些虚假目录的证据、展示真目录是虚假的证据、巴西里德斯[2]的诺斯替教派福音、对福音的评介、对福音评介的评介、你死亡的真相、每本书的各种文字的版本、每本书在所有书中的插入、英国历史学家比德可能撰写（而没有撰写）的有关撒克逊神话的论文、罗马历史学家塔西佗的佚失的书籍。

当人们听说图书馆已经收集齐全所有的书籍时，首先得到的是一种奇特的幸福感。人们都觉得自己是一座完整无缺的秘密宝库的主人。任何个人或世界的问题都可以在某个六角形里找到有说服力的答案。宇宙是合理的，宇宙突然有了无穷无尽的希望。那时的一个热门话题是《辩白书》——为宇宙中每个人的所作所为永远

1. 以前每三个六角形就有一人负责。自杀和肺病破坏了这一比例。我忘不了一种难以言说的忧郁：有时候，我在光洁的走廊和楼梯里走上好几个夜晚，都碰不到一个图书馆员。——原注
2. 约公元 2 世纪诺斯替教亚历山大派创始人，生于叙利亚。

进行辩护，并且保存着有关他未来的奇妙奥秘的辩解和预言的书。千千万万贪心的人妄想找到他们的《辩白书》，纷纷离开他们出生的甜蜜的六角形，拥向上面的楼梯。这些人在狭窄的走廊里争先恐后，破口大骂，在神圣的楼梯上挤得透不过气，把那些骗人的书扔向通风井底，被遥远地区的人从高处推下摔死。另一些人发了疯……《辩白书》确实存在（我亲眼见到两本，讲的是未来的、或许并非假想的人），但是寻找者忘了一个人要找到他的《辩白书》或者《辩白书》某一个不可靠的版本的机会几乎等于零。

当时也指望澄清人类的基本奥秘，澄清图书馆和时间的起源。奥秘无疑是可以用语言解释清楚的：假如哲学家的语言不足以解释，那么包罗万象的图书馆里应该找得出所需的一种闻所未闻的语言，以及那种语言的词汇和语法。四百年来，人们找遍了那些六角形……甚至有专职的寻找者，稽查员。我看见他们履行职务的情况：他们总是疲于奔命；谈论某处几乎害他们摔死的没有梯级的楼梯；他们和图书馆员讨论回廊和楼梯；有时候随手拿起一本书翻阅，寻找猥辞恶语。显然，谁都不指望发现什么。

过分的指望自然会带来过分的沮丧。确信某个六角形里的某个书架上藏有珍本书籍，而那些书籍却不可企及的想法，是几乎难以忍受的。一个亵渎神明的教派建议中止寻找，让大家彻底打乱字母和符号，通过一个不太可能的偶然机会建立正宗的书籍。当局不得不严令禁止。那个教派就此销声匿迹，但我小时见到老年人久久地躲在厕所里，把几枚金属小圆片放在严禁的签筒里摇晃，没精打采地仿效神的紊乱。

另一些人反其道而行之，他们认为最根本的是消灭那些无用的作品。他们闯进六角形，出示不全是冒充的证件，不耐烦地翻翻一本书，然后查封所有的书架，千千万万的书籍就这样莫名其妙地在他们移风易俗和禁欲主义的狂暴下遭遇浩劫。他们的名字受到诅咒，他们的狂热破坏了“宝库”，可是为之惋惜的人忽视了两个明显的事实：一个是图书馆庞大无比，任何人为的削减相比之下都小得微不足道。另一个是虽然每本书是独一无二的、无法替换的，但是（由于图书馆包罗万象）总有几十万册不完善的摹写本，除了个别字母或逗号外，同原版没有什么差别。我力排众议，认为人们被那些狂热的净化者吓破了胆，夸大了掠夺行为造成的后果。谵妄驱使他们夺取胭脂红六角形里的书籍：那里的书籍开本比一般小一点；图文并茂，具有魔法，无所不能。

我们还听说当时的另一种迷信：“书人”。人们猜测某个六角形里的某个书架上肯定有一本书是所有书籍的总和：有一个图书馆员翻阅过，说它简直像神道。这个区域的语言里还保存着崇拜那个古代馆员的痕迹。许多人前去寻找，四处找了一百年，但是毫无结果。怎么才能确定那本藏书所在的受到崇敬的秘密六角形呢？有人提出逆行的办法：为了确定甲书的位置，先查阅说明甲位置的乙书；为了确定乙书的位置，先查阅说明乙位置的丙书，依此无限地倒推上去……我把全部岁月投入了那种风险很大的活动。我觉得宇宙的某个书架上有一本“全书”不是不可能的[1]，我祈求遭到忽视的神让一个人——即使几千年中只有一个人！——查看到那本书。假如我无缘得到那份荣誉、智慧和幸福，那么让别人得到吧。即使我要下地狱，但愿天国存在。即使我遭到凌辱和消灭，但愿您的庞大的图书馆在一个人身上得到证实，哪怕只有一瞬间。

不敬神的人断言，图书馆里胡言乱语是正常的，而合乎情理

---

1. 我重申：只要一本书可能存在就够了。但是要把不可能排除在外。例如：任何书不可能（同时是书）又是楼梯，尽管确实有一些讨论、否认、证明那种可能的书籍，也有一些结构和楼梯相仿的书籍。——原注

的东西（甚至普通单纯的连贯性）几乎是奇迹般的例外。他们在谈论（我知道）“图书馆在发烧，里面的书惶惶不可终日，随时都有变成别的东西的危险，像谵妄的神一样肯定一切、否定一切、混淆一切”。那些不仅揭发而且举例说明了混乱的话，明显地证明了他们低下的品位和不可救药的无知。事实上，图书馆包含了全部语言结构和二十五个书写符号所允许的全部变化，却没有一处绝对的胡言乱语。毋庸指出，我管理的众多六角形里最好的一本书名叫《经过梳理的雷》，另一本叫《石膏的痉挛》，还有一本叫《阿哈哈哈斯-穆洛》。乍看起来，那些主题仿佛毫不连贯，其实却有密码书写或者讽喻的道理；那个道理属于语言范畴，图书馆里假定早已有之。神的图书馆如果没有预见到“dhcmrlchtdj”这些字母，在它的某种秘密语言里如果不含有可怕的意义，我就不可能加以组合。任何一个音节都充满柔情和敬畏；在那些语言里都表示一个神的强有力的名字，不然谁都不可能发出它的读音。开口说话就会犯同义重复的毛病。图书馆无数六角形之一的五个书架上，三十册书中间的一本里面，早就有这个无用的信息和空话——以及对它的驳斥。（不定数量的、可能存在的语言使用同一种词汇；在某些语言里，“图书馆”这个符号承认了“普遍存在的、永久的六角形回廊系列”的正确定义，但是“图书馆”也是“面包”或“金字塔”，或者任何其他事物，解释词也有别的意义。读者是否确实懂得我的语言呢？）

有条理的文字使我的注意力偏离了人们的现状。确信一切都有文字记录在案，使我们丧失个性或者使我们自以为了不起。我知道有些地区的青年人对书籍顶礼膜拜，使劲儿吻书页，然而他们连一个字母都不识。流行病、异教争端、不可避免地沦为强盗行径的到处闯荡，大量削减了人口。我相信我前面提到了自杀，如今这种现象更趋频繁。衰老和恐惧也许误导了我，但我认为独一无二的人类行将灭绝，而图书馆却会存在下去：青灯孤照，无限无动，藏有珍本，默默无闻，无用而不败坏。

我刚才写下“无限”那个形容词，并非出于修辞习惯；我要说的是，认为世界无限，并不是不合逻辑的。认为世界有限的人假设走廊、楼梯和六角形在偏远的地方也许会不可思议地中止——这种想法是荒谬可笑的。认为世界无限的人忘了书籍可能的数目是有限的。我不揣冒昧地为这个老问题提出一个答案：*图书馆是无限的、周而复始的*。假如一个永恒的旅人从任何方向穿过去，几世纪后他将发现同样的书籍会以同样的无序进行重复（重复后便成了有序：宇宙秩序）。有了那个美妙的希望，我的孤寂得到一些宽慰。[1]

马德普拉塔，1914 年

（王永年　译）

1. 莱蒂齐亚·阿尔瓦雷斯·德托莱多指出，庞大的图书馆是无用的；严格说来，只要一本书就够了，那本书用普通开本，九磅或十磅铅字印刷，纸张极薄，页数无限多。（17 世纪初，卡瓦列里说任何固体是无数平面的重叠。）丝绢似的薄纸印的袖珍本阅读时不会方便：可见的每一页和别的页面相映，中央的一页没有反面。——原注